「友達ができるのは……僕、初めてかもしれません。
大精霊様、こんな僕でよければ、喜んで！
あの……僕、マルクといいます」
『お、おお！　マルク！
わ、我のことも、
名前で呼ぶことを許可するぞ！』
マルク
忌み子として邪神への
生贄となった少年。
ネロ
（ネロディアス）
王国と契約した大精霊。
寂しがり屋の面も。

「な、なんで、前のときに増して大きいの！
ちょ、ちょっと、マルク、一回それ、止めて、止めて！
撃って大丈夫なの、それ！」
ロゼッタ
旅の途中で出会った女剣士。
世間知らずなマルクの
世話を焼いてくれる。

「〈炎球〉！」
「ゴオオオオオオッ⁉」

「あなたは……？」

ティアナ様は、不思議そうな顔を浮かべていた。

「僕、冒険者のマルクです！　ティアナ様……助けに来ました！」

「そう……あなた、私を助けにきた冒険者なの……」

ティアナ様はそう口にすると、疲れたように息を吐き出した。

「また、死に損ねたのね……私」

ティアナ
タルナート侯爵家の子女。

父親の侯爵により
政治の道具として
使われている。

大精霊の契約者
～邪神の供物、最強の冒険者へ至る～
猫子
Illustrator
緒方てい

CONTENTS

第一話
大精霊の契約者
007

第二話
暴風の襲撃者
037

第三話
不滅の土塊
094

第四話
侯爵家の襲撃
136

第五話
毒霊竜ヒュドラ
188

書き下ろし小説
『書庫の伝承』
251

口絵・本文イラスト：緒方てい
デザイン：AFTERGLOW

第一話　大精霊の契約者

1

「両親の命を奪って生まれた、悪魔の子だ！」

「災いを呼ぶ前に殺してしまえ！」

村の大人達は、生まれ落ちたばかりの赤子――マルクを、そう罵った。

マルクの父は彼が生まれる直前に魔獣の討伐で命を落とし、マルクの母もまた難産のために彼の出産の際に命を落としてしまった。そして何より、マルクは村で『災禍を招く忌み子である』と言い伝えられている、白い髪を有していた。

「白髪の赤子は、生まれ持ったマナの量が多いという。悪魔の子ならば、邪神にも好かれようて」

長老のこの一言で、マルクの運命が決定されることになった。

村にはある伝承があった。

百年に一度、星辰《せいしん》の導きにより、村の近くの山奥が異界へと繋《つな》がる。そのときにマナの多い人間を供物として捧《ささ》げなければ、邪神の怒りを買い、王国全土に大いなる災いが降り注ぐであろう、と。

両親が死んでおり、本人も村で不吉とされる白髪であるマルクは、都合がよかった。マルクは村外れのあばら家で育てられることとなり――そうして、十四年の歳月が流れた。

2

僕が十四歳になったあくる日のこと……長老様が村の自警隊を伴って、僕の許《もと》へと現れた。

「マルク、付いてくるがよい。今よりお前を、古《いにしえ》の神の怒りを鎮める生贄《いけにえ》として捧げるため、祭壇へと向かう」

「……はい」

僕は静かに、頭を下げた。

逆らうつもりはなかった。僕はこの日のためだけに十四年間生かされてきたのだ。

両親の命を奪い、忌み子として生まれた僕が、初めて人の役に立てることだった。

長老様は護衛の自警隊と、儀式のための魔術師を伴い、僕を連れて山を登った。

洞窟の中にある祭壇には、儀式の準備なのか、魔獣の木乃伊《ミイラ》が並べられている。僕は魔術師に命じられ、大きな魔方陣の中心に座った。

「これで、悪魔の子も……今代の生贄問題も解決できる。縁起がいいですね、長老様」

魔術師の男が、笑って口にする。長老様は彼の言葉には答えず、じっと僕を見つめていた。

「長老様……？」

「……生贄問題は集落に影を落とす。都合よくマナに恵まれた罪人がいることはない。身内から生贄を出したという事実は、長きにわたり禍根を残し……やがて、対立と諍《いさか》いを生む。儂《わし》は村を導く立場として……マルク、幼いお前ひとりに、村の因習を押し付けることしかできなかった」

長老様は、じっと僕を見つめながら、震える声を絞り出すようにそう口にした。それからそっと、細い腕で、僕の身体を抱き締めた。

「すまない……すまない……。マルク、お前の父もまた、両親がおらず……儂は、あやつの親代わりであった。だというのに儂は、お前に肩入れしてやれず……村の風習を選び、お前を犠牲にすることを選んだのだ……！」

周りの大人達が、動揺した素振りで長老様へと駆け寄る。

「ちょ、長老様！　どうなされたのですか！」

「今、悪魔の子に近づかれては、邪神への供物に巻き込まれます！」

大人達が、長老様を僕から引き離す。

丁度そのとき、魔方陣が光を帯び始めた。僕はこれから、邪神の許へと送られるのだろう。

「……僕が幼い頃、長老様が魔法で声を届け……妖精の振りをして話し相手になってくれていたこと、知っていました。だから僕はこれまで……一人じゃないって、そう思えました」

「マルクッ……！　や、やはり儂には、お前を生贄にすることは……！」

長老様は他の大人達に取り押さえられながらも、僕へと真っ直ぐに手を伸ばした。

「……十四年間、お世話になりました」

その途端、視界が歪《ゆが》み、明滅し——気が付けば僕は、赤黒い沼地に立っていた。

「ここは……」

空は赤紫の妖しげな輝きを帯びており、不吉に渦巻く雲は悪魔の顔にも見えた。

ここが邪神の住まう異界なのだ。僕はここで邪神に魂を貪られ……供物として、命を落とす。

『来たか……人の子よ。百年前は盟約が破られた故、我は怒りに満ちておるぞ』

恐ろしい、人外の声が響く。

目前の空間が歪み、ソレは現れた。

視界を埋め尽くさんばかりの、巨大な化け物だった。

全体の輪郭としては狼《おおかみ》に似た形をしていたが、体表が裏返されているかのような、不気味な肉塊に見えた。全身から伸びる、植物とも動物のものとも区別のつかない無数の触手が、ゆらり、ゆらりと揺らぐ。

目はなく、大きな口には夥《おびただ》しい数の牙が並んでいる。

覚悟を決めたつもりだった。だが、想像を絶する恐ろしい異容を前に、僕の覚悟は呆気《あっけ》なく崩れ落ちていた。

「ひっ……！」

恐怖で足の震えが止まらず、その場にしゃがみ込んでしまった。抑えようもなく、目から涙が溢《あふ》れてくる。

化け物は、その大きな顔を、勢いよく僕へと近づける。

食べるのならば、いっそ姿を見せる前に、ひと思いにしてくれればよかったのに。

『足が疲れておったようだな。ささ、座るがよいニンゲンよ。二百年も間が開いてしまった故、すっかり退屈しておったぞ！　何をして遊ぶ？』

化け物は巨大な尾をぶんぶんと振るいながら、僕にそう問いかけてきた。

「……うん？」

『前のニンゲンから、球状のものを蹴り合って遊ぶ遊戯があると聞いてな！　向こうに切り出した、球状の岩塊があるのだが……！』

「あ、あの、ちょっと待ってください」

状況に理解が追い付かない。手を上げて、化け物の言葉を遮った。

『む？　おお、ニンゲンは喉が渇くのが早いのだった。二百年間、我がこし続けてきた沼の水がある。取りに向かって……』

「あの、僕を食べるんじゃ……」

『うむ？』

化け物は僕の言葉に、首を傾げる。

『何それ、怖……』

「えっ」

『そもそも、なぜ我が、百年待ってわざわざ自身の千分の一以下の大きさの動物の肉を……？』

「えっ」

何か……人間と邪神の間に、とんでもない誤解が生じているようであった。

「邪神様は、生贄を欲していたわけではないんですか……？」

『……ううむ、人の子にとって百年は長い。前代も誰も来んかったし、交信もロクに繋がらんし、嫌な予感はしておったのだが……』

化け物は、巨大な頭部をしゅんと項垂れる。その恐ろしい異容には似つかわしくない仕草だった。

『そもそも邪神というのは止《や》めてもらえんか？　我は大精霊ネロディアスである』

「す、すみません、大精霊様……」

『どこかで伝承のズレが生じたのだろうな……。儚《はかな》き人の子にはよくあることだが、ただ遣いとの顔合わせが生贄になり、この大精霊が邪神扱いされるとは……。いったい、何をどう取り違えればそんなことになるのやら』

化け物……改め大精霊様は、首を傾げて溜《た》め息《いき》を吐く。あなたの姿が問題なのでは、との言葉が喉まで出かかったが、口に出すのは躊躇《ためら》われた。

『我はそもそも四百年前……そなたらのノルマン王国が築かれた際に、王家と盟約を結んだ精霊な

のだ。王国とは敵対せず、有事の際には王国を守護する。その代わり、百年に一度……我の領域と、そなたらの現界が近づくときには、ニンゲンの遣いを寄越す、というな』

王家よりその大役を任されたのが、僕の村だった、ということらしい。

しかし、そんな話は欠片も耳にしたことがない。きっと長老様も知らなかったはずだ。

「あの、前代の供物が来なかったって、どういうことですか……？」

『供物でなく遣いである』

大精霊様がムッとしたように口にする。

「す、すみません……」

前代の生贄が捧げられなかった、なんて話は聞いていなかった。

年月が開きすぎて滅茶苦茶になっている。或《あ》いは、前代が行われなかったからこそ、間隔が開いて誤解が広がっていったのか。

『我も前代のことはよくわかっておらんかったが、そなたの話を聞いてよぅくわかった。恐らく、遣いのものが怖がって逃げて、身内がそれを隠したのだろうな。……その際に交信で現界へ駄々を捏《こ》ねたのだが、それが勘違いに拍車を掛けたのやもしれん』

大精霊様が、申し訳なさそうにぽりぽりと頬を掻《か》く。

交信とは、魔術師が異界に住まう者と言葉を交わす儀式だと、書物で学んだことがある。

ただこれも制約が多く、気軽に行えるものではない。そしてどの程度円滑に話ができるのかは、魔術師の力量に依存する。この様子を見るに、そちらもきっと誤解だらけだったのだろう。きっと人間側は、大精霊のちょっとした駄々を、脅迫の類いのものだと捉えたに違いない。

「じゃ、じゃあ僕……食べられないで、済むんでしょうか？」

『まだそこを気にしておったのか……』

「すみません……。えっと、あの、じゃあ僕は、何をすればいいんでしょうか？　遣いといっても、別に王国の事情に詳しいわけでもなくて……」

『難しく考える必要はない。我とて別段、ニンゲンの世情に関心があるわけではない。ただその……この領域には他に何の生き物もおらず……そなたらの世界と近づく時期も、とても稀少《きしょう》でな？』

大精霊様は言葉を濁し、前脚の爪を合わせる。

『こ、この場所からそなたが出るまでの間……我と友達になってほしいのだ』

僕は呆気に取られて、ぽかんと口を開けていた。もしかして冗談なのかとも思ったが、大精霊様は黙りこくり、恐る恐る僕の顔を見つめていた。

なんだかその様子があまりに大精霊様に似合わなくて、僕はつい、くすりと笑ってしまった。

「友達ができるのは……僕、初めてかもしれません。大精霊様、こんな僕でよければ、喜んで！　あの……僕、マルクといいます」

『お、おお！　マルク！　わ、我のことも、名前で呼ぶことを許可するぞ！』

大精霊様がぶんぶんと激しく尾を振っている。……なんだか段々、大精霊様の恐ろしいはずの姿が、可愛く見えてきた。

「えっと……じゃあ、ネロディアス様？」

『なんだか……余所余所しいの』

大精霊様の尾の動きがぴたりと止まった。

「ネロディアス……えっと……ネロ？」

また大精霊様……改め、ネロの尾が激しく左右へと動いた。

『うむ、うむ、それでいい……いや、それがいいぞ、マルクよ！』

さすがに一介の、それも僕みたいな人間が大精霊様の名前を縮めて呼ぶなんて烏滸《おこ》がましいのではないかと思ったが、どうやら喜んでもらえたようだった。

3

長く話し込む間に、僕とネロはすっかり打ち解けていた。

『あ、悪魔の子として、村の人里から離されておったただと⁉　その挙げ句に、生贄として送り込んでくるとは、なんという……！』

ネロは僕の生い立ちを聞いて憤り、ブンブンと激しく尾を振っていた。

『交信で脅しを掛けて、厳しく言っておいてやる！』

「……また誤解を招くことになるよ？」

『む、むぐぅ』

そもそもネロが百年前に待ち惚《まぼう》けをくらってすっぽかされて、交信で駄々を捏ねたのが誤って伝わったのが、生贄云々の発端のようなのだから。

ネロが軽い気持ちで脅しを掛ければ、百年続く恐怖に繋がりかねない。

それに、別に僕は、あの村に対して恨みなど抱いていない。村の調和を尊重し、長老様が泣く泣く至った答えであったということは理解している。

きっと誰も悪くはない。仕方なかったことなのだ。

……強いていえば、ネロの外見が、ちょっと怖すぎるのが悪かったのかもしれない。

『しかし、大賢者の先祖返りを、悪魔の子扱いとは……』

「……大賢者の先祖返り？」

『元々、そなたらの集落は、王家が我と交信するために築いたもの……。建国の英雄の一人である大賢者を長として置き、マナの高い者を集わせておった。マナに満ちたその白き髪は、大賢者の特徴であったと聞いておる』

……知らなかった。村では災禍の予兆だと言われていたのに。

本当に四百年の間に、伝承が歪みまくってしまっているようだ。

『それから……これも言っておかねばな。マルク、現界と我の領域が近づいておるのは、星辰が変わるまでの間……七日間だけなのだ。それまでには必ず帰らねばならん』

どうせ知らんかったのだろう、とネロが口にする。

初めてできた友達だったのに、たったの七日しか一緒にいられないのか……。それに……この期間を過ぎれば、ネロはまた百年間、孤独に生き続けなければならない。

少し目を瞑《つぶ》り、僕は考えた。

「それって、時間を過ぎたら帰れなくなるってだけなんだよね。だったら……僕、ここに残るよ」

『なっ、なんであると⁉　馬鹿なことを言うでない！』

「後悔しないよ。だってネロは、初めてできた友達だから」

『気持ちは嬉《うれ》しいが……第一、それはできんのだ。我らの領域……精霊界は、ニンゲンにとっては不自然な空間。ニンゲンらにとっては、この空間そのものが毒となる。己のマナの弱い者は、半日も経てば息が苦しくなる。遣いのニンゲンは強いマナを持つニンゲンが選ばれていたが、それでもせいぜい三日、四日で帰還する者ばかりであった。七日間ずっとこの領域に滞在できた者はこれまで現れたことがないのだ』

つまり……ここの出口が閉じるまで残ったとしても、数日の内にこの空間そのものに蝕《むしば》まれて命を落としてしまうだけだ、ということらしい。

マナの量が多い人間を生贄に選定する……という決まりは、これに由来するものであったらしい。白い髪は縁起が悪いというのも、生贄に送り出すための方便としてできたものだったのかもしれない。

　僕ががっくりと肩を落としていると、ネロが『ふむ……』と声を漏らした。

『いや……もしかしたら、大賢者の先祖返りであるマルクならば、我と精霊契約を結ぶことができるかもしれん……』

「精霊契約……？」

『いうなれば、ニンゲンを我ら精霊の通り道とする儀式である。そなたが契約者となってくれるのならば、星辰に関係なく、我はそなたらの世界……現界に干渉できるようになる』

「それをしたら、ネロは寂しくなくなる？」

『うむ、うむ！　半ば諦めてはおったが、我の悲願でもあったのだ！』

　ネロは興奮気味に、尾を左右へと激しく振った。

『……ただ、問題がある。我の力が膨大過ぎるが故……マナの総量の多いニンゲンでなければ、契約を結ぶことさえままならんのだ。大賢者の先祖返りであるマルクであれば、素養は充分であるはずだ。しかし、マナとは精神と肉体の成長に伴って強化されていくもの。今のマルクでは、我と精霊契約を結ぶことはできんのだ』

「じゃあ、結局できないの……？」

『いや、方法はある！　我が七日の間に、マルクの潜在能力を引き出せばよいのだ！　そうすれば我と精霊契約を結ぶことも可能なはずである！　無論、たったの七日でどこまでできるのかはわからんし……過酷な修行になるであろう。そなたにも、苦しい思いをさせることになるかもしれんが……』

「やるよ！　ネロと離れなくても済むかもしれないなら、僕、なんだって耐えてみせる！」

こうして、星辰が変わり、現界とネロの領域の通り道が閉ざされるまでの七日間……僕は修行を付けてもらうことになった。

4

『マルクよ、まずはこれを飲むといい』

ネロはそう言うなり、背中から伸びる触手を用いて、岩塊を僕の前へと持ってきた。

上に空洞がぽっかりと空いており、中は液体で満たされている。

「岩を削って造った、水樽《みずだる》……？」

『コップである』

大きさがネロ専用過ぎる。

『ここの沼の水を、二百年掛けてニンゲン用に濾過《ろか》して集めておいたものである』

ネロが得意げに口にする。

　さらっと述べたが、年数が重すぎる。百年掛けて準備した後、前代が来るのを今か今かと七日間待ち続けていたであろうネロが不憫《ふびん》でならない。

『ただの水ではないぞ！　我の領域は、我の血肉にも等しい。高いマナを帯びておる。毒性を取り除いておるため、ニンゲンでも飲めるというわけである。これを飲めば、マナは漲《みなぎ》り、生命力に満たされる。修行の前後には持って来いであろう？』

「なるほど、じゃあ……」

　手で掬《すく》い、口へと運ぶ。

　仄《ほの》かに甘く感じて、美味しい……。確かに身体の中に熱い力が漲るような、そんな感覚があった。

　しかし、透明な水にしか見えないが、これがあの赤黒い沼と同じものだとは信じられなかった。

「これってどうやって綺麗《きれい》にしたの？」

　僕が尋ねるなり、ネロは沼に勢いよく顔を付けた。それから口を閉ざし、隙間からぴゅーっと水鉄砲を飛ばす。

『これを繰り返すのだ！』

　ネロがいい笑顔で僕の方を見る。

「……うん、ありがとう、ネロ」

『さあ、腹が苦しくなるまで飲んでおくのだ！　マナを増やすためには、まず摂取できるエネルギー量を増やすこと！　食事も鍛錬の内であるぞ！』

僕は深くは考えないことにした。

その後はネロに教わり、魔法を使うことになった。僕の家に魔法の使い方について記された本はなかったため、これが初めてのことだった。

『マナを鍛えるためには、複雑な魔方陣など必要ない。炎を強くイメージしつつ、炎の呪印文字を頭に浮かべ、下っ腹に力を込め……そして、身体全身からマナを絞り出すのだ』

「〈炎球〉っ！」

ネロの指導通りに、魔法で炎の球を作ろうとした。

呪印文字が宙に浮かぶ。

「熱っ！」

……だが、手のひらに熱が走り、黒い煙が昇るだけであった。

『だ、大丈夫か、マルクよ！　手のひらを見せてみるがいい！　そうだ、舐《な》めてやろう！　痛みが引くぞ』

「大丈夫だよ、これくらい」

僕は苦笑しながらそう答えた。

不格好でも、とにかく限界までマナを酷使する。それがマナを鍛えるのには一番なのだとネロより教えられた。

こんな程度で立ち止まってはいられない。

数時間に渡って〈炎球〉の練習を続けて……それから、ようやく炎の球を飛ばすことに成功した。

……とはいっても、飛ばした〈炎球〉は少し進んだところで、すぐに霧散して消えてしまったけれど。

「はあ、はあ……ようやくか……。こんな調子で、間に合うのかな……」

『凄い、凄いぞマルク！　完璧な〈炎球〉であった！　マルクが魔法を成功させたぞ！』

ネロが激しく尻尾を振って、僕より遥かに喜んでくれた。少し暗い気持ちになっていた僕だったけれど、その様子に思わず笑みが漏れた。

疲れ果てた僕に、ネロが触手の一本をあてがう。触手の先に光が灯ったかと思えば、優しげな……温かな感覚が、僕の身体の中に入ってくるのがわかった。

「これって……」

『我のマナである。マナが枯渇した身体に、マナを流し込む。マナを回復させるだけでなく、体内のマナを通す管や臓器を一気に鍛えることができるのだ。身体に負担が掛かるため、休憩を挟む必要があるがな』

その後もネロの指示を受けて「マナの消耗」、「ネロ水（例の水）の摂取と休憩」、「ネロによるマナ補給」のサイクルを、丸一日繰り返し続けた。

「〈炎球〉！」

身体の中の全てを絞り出すつもりで〈炎球〉を放った。炎の球は、離れたところにある岩塊にぶつかって爆ぜた。

「よし……強く、なってる……」

意識が遠ざかり、僕はその場に膝を突いた。ネロ水とマナ補給で強引に回復させても、身体には着実に疲労と負担が嵩《かさ》んでいっているようだった。

『だ、大丈夫であるか！　さすがに無茶をし過ぎである！　明日からは、もう少し修行の量を控えた方が……』

「ずっと僕は、家の中で一人きりだったんだ。だから……誰かのために頑張れるっていうのが、凄く嬉しいんだ」

『マルク……』

僕は笑顔で、そう返した。

「でも……さすがに限界みたい。少しだけ眠らせて」

『うむ、そうするといい。だが、ここの床は硬くて、ニンゲンの寝床には合わんだろう』

ネロはそう言うと、触手で僕を摑《つか》んで、大きな背中の上へと乗せてくれた。

柔らかくて、凄く心地がよかった。すぐに意識が泡沫《うたかた》へと深く沈んでいく。

『ずっと一人きり……か。マルクとは気が合うとは思っておったが、我らは似た者同士であったのかもしれんな』

ネロが小さく、ぽつりと呟《つぶや》いた。

翌日も相変わらず僕とネロは、マナの消費と補給のサイクルを繰り返し続けていた。そうして三日目には肉体を鍛える訓練が追加された。

僕は赤子程の大きさがある赤黒い岩塊を抱えて、ネロの領域内を往復して走るように指示を受けた。……ただ、往復を走るどころか、片道を歩き切ることさえできなかった。

「ぜえ、ぜえ……」

僕は岩塊をその場に投げ出し、地面に座り込んでいた。魔法の鍛錬以上に苦しいものがあった。

『だ、大丈夫か、マルクよ』

「ね、ねえ、ネロ、本当にこれは精霊契約に必要なの？」

『マナを鍛えるためにはマナを直接行使する魔法の鍛錬の他に、肉体面の鍛錬が不可欠であるのだ。しかし……やはり、たったの七日でマルクを我と精霊契約可能なまでに成長させるというのは、厳しいかもしれん。ニンゲンの肉体は精霊のそれよりも遥かに脆《もろ》いものであるからな』

ネロが肩幅を狭めて、しゅんと項垂れる。ネロの大きな異容が普段よりも小さく見えた。

僕は歯を喰《く》いしばって立ち上がり、再び岩塊を抱え上げた。

重い……腕が軋《きし》むのを感じる。身体がバラバラになってしまいそうだ。

だが、ネロのために頑張ると決めたんだ。この程度のことで音を上げてはいられない。

「まだまだいけるよ、僕……！　身体はどうせ、ネロ水を飲んだら元通りになるんだし……！」

この修行の肝は、鍛錬によって酷使した肉体を、ネロ水の力で急速に回復させるところにあるのだという。

『そ、それはそうであるが……無理はするのでないぞ、マルクよ』

岩塊を抱えて往復したところでネロ水を口に含む。最初はネロが飲んで吐き出してを繰り返していた水だと思うと抵抗があったが、今ではすっかり飲むことに慣れてしまっていた。

すぅっとネロ水が身体の隅々まで行き渡っていくのを感じる。もう持ち上げることさえできないと思っていた腕に力が漲るのがわかる。

「凄い……数時間前より、腕が硬くなったような気がする……」

魔法の出力もそうだが、肉体も凄い早さで急成長している。

『そうであろう、マルクよ！　次はこの岩塊を持ち運ぶのだ！』

ドォンと大きな音が鳴った。僕のすぐ横に、僕と同程度の大きさの岩塊が落とされた。

僕は首を上げて、ネロの顔を見る。ネロは期待した目つきで僕の方をじっと見つめていた。

「……悪いけど、これはまだ厳しそうかな」

僕はそう口にした。

そうして三日目、四日目が経過していき――ついに修行の開始から七日が経ち、ネロの領域と現界が近づいている最後の日となった。

以前と比べて己の肉体ががっしりとし、自身のマナの漲る感覚も摑めるようになっていた。小屋に閉じこもって本ばかり読んでいたあの頃とは比べ物にならない。

「〈炎球〉！」

手から炎の球を放つ。真っ直ぐに飛んで行った大きな炎球は、遠くにある大きな岩塊を破壊した。

「す、凄い……」

我ながら信じられなかった。

こんな規模の魔法、今まで見たこともない。初日は宙で消えてしまうような、弱々しい炎球がせいぜいだったのに……。

『おお、よくやったマルク！　これだけの力があれば、我の精霊紋も身体に定着させられるぞ！』

ネロは千切れんばかりに、激しく尾を振り乱していた。

5

「悠久の時を生きる冥《くら》き地の支配者、大精霊ネロディアスよ。傍き人の子に力を与えたまえ。術者

「マルクはここに契約する……これでいいの、ネロ？」

僕はネロより教わった、精霊契約の文言を口にする。

『うむ。大事なのは名前で……後は保険のようなものだがな』

僕は頷《うなず》くと、手を伸ばす。

ネロが宙に展開していた魔方陣に手を触れると、くすんだ光が、綺麗な赤色を帯びた。手の甲に赤い、獣の姿を模したような紋章が刻まれた。

『お……おお、精霊紋が灯った！　無事に成功したぞ！　よくやった、マルクよ！　これでそなたと、我の身体と……そして精霊界に、我とそなたが契約者となったことが刻まれたのだ！　これで我も、立派な契約精霊である！』

ネロが興奮気味に、激しく尾を振る。

『と……もうこんな時間なのか！　そろそろこの場所を出ねばならんぞ！』

ネロが宙を見上げ、慌てた様子でそう口にする。赤紫の空が、青黒く変わりつつあった。

『万が一にでも出遅れれば、そなたはここから出られなくなり、領域に蝕まれていずれ命を落とすことになる！』

「わ、わかった！」

僕は最初に立っていたところへと戻る。

地面には魔方陣が刻まれている。マナを流し込むと、魔方陣が光を取り戻す。

そうして光に包まれていき……気が付くと僕は山奥の洞窟、祭壇に立っていた。

ネロが現界と呼んでいた、元の世界へと帰ってきたのだ。

洞窟の入り口を、朝焼けの光が照らしているのが見えた。あまりに穏やかで静かな当たり前の光景に、これまでのことが虚構だったのではないかと頭を過《よぎ》る。

「そうだ、精霊紋……！」

僕は自分の手の甲を確認する。ちゃんとネロの精霊紋が刻まれていた。

「よかった……あった……」

夢ではなかったことを確認して安堵《あんど》するが……この精霊紋で何ができるのかまでは、しっかりと聞いていなかった。

確かネロは『星辰の代わりに、我が領域と現界を近づけることができる』といったことを口にしていたが、それ以上のことは何も聞いていない。

『無事に戻ってこられたようだな』

突然頭に声が響いた。

「ネ、ネロ？」

『うむ、そうである。精霊紋さえあれば、手間の掛かる儀式なしに、いつでも完全な形で精霊交信を行えるのだ』

「なるほど……。精霊紋って、ネロをこっちに呼び出したりもできるの？」

『通常の精霊契約は精霊召喚がメインなのだが……我が強大過ぎる故に、さすがにマルクのマナだけでは厳しいであろうな。だが、他にも色々な手段で、そなたに力を貸すことができる』

「召喚はできないんだ……」

少しがっかりだった。ネロと直接顔を合わせて遊ぶことはできないらしい。

『してマルクよ。これからどうするつもりなのだ？』

「これから……？　えっと、とにかく長老様に報告するために、村に戻らないと……」

ネロのことを話さなければならない。命を落とさずに済んだことと……それから、ネロが大精霊であって、多くの伝承が間違っていることを。

『……それは、止《や》めておいた方がよいぞ』

「えっ……」

『ニンゲンはか弱い。連中は生贄という悪習の罪から逃れるため……そなたを忌み子として、悪役に仕立て上げたのだ。多くの者はその罪を受け入れられはせん。そなたが生贄から逃げた法螺《ほら》吹《ふ》きだと、そう断じる者も現れるであろう。よい結果にはならん』

「でも、それだと、長老様が……」

あの人は、最後に僕を庇《かば》おうとしてくれたのだ。きっと気に病んでいる。僕の無事を伝えておきたかった。それに村の風習にしたって、誤った伝承をそのままにはしておけない。

『しばし時を置くのだ、マルク。良くも悪くも、時間が罪を忘れさせてくれる。その間に、村の魔術師共に交信で真実を伝え……そなたが疑いの目を向けられぬ土壌を作っておこう。いたずらに戻って騒ぎを起こせば、村の安寧のために涙を呑《の》んだ、その長老の覚悟をむしろ蔑《ないがし》ろにするものとなろう』

「そっか……」

確かに、それはそういうものなのかもしれない。

彼らは僕のことを……十四年間村ぐるみで、忌み子として遠ざけてきていた。

僕は仕方のなかったことだと思っている。でも、相手がその事実を受け止められるかどうかは、また別の話なんだ。

「でも……これからどうしたらいいんだろう。行く当てがないよ。村から出たことなんて、なかったのに……」

『なに、マルクには自身の身を守るだけのマナと力がある。なにせ、この大精霊ネロディアスがついておるのだからな。自由に外を旅すればよい』

「自由に外を……」

僕は息を呑んだ。

『不安か、マルク？』

今まで小さな小屋と、長老様の用意してくれた書物だけが僕の世界だった。

見張りの人が居眠りしているときに、周囲の庭先を出歩くのがせいぜいだった。ずっと自由に外の世界を歩けることに憧れていた。

「いや……すっごく楽しみだよ！　行こう、ネロ！　僕は色んな場所を見て、色んな人達と知り合ってみたい！」

『うむ！　うむ！　そうであろう！　実は我も……交信と遣いの者より現界の話は聞いておったが、実際に見聞きができるのは初めてである！』

そのとき、洞窟の入り口の方から、大きな足音が聞こえてきた。

村の人が来た……？　いや、これは違う……。

「オオ……オオオオオオッ！」

悪鬼のような顔の大熊が、咆哮《ほうこう》を上げる。

その姿は書物で目にしたことがあった。

デモンベア……青い毛皮を持つ、大熊の魔物だ。危険度はC級……村近くで発見した際には、街へ討伐依頼を出さなければならないレベルだ。一般人に対処できる範疇《はんちゅう》の魔物ではない。

「う、嘘《うそ》……こんな危険な魔物が、なんで……」

『ふむ……儀式で我が領域から漏れた、マナの香りを嗅ぎ取ったか』

「入り口が塞がれている。逃げ場がない……どうしたら……！」

『案ずるでない。この程度の魔物……そなたの〈炎球〉で追い払える。ついでに、精霊紋の力も説明できそうであるな』

〈炎球〉で追い払える……？

炎をぶつけるだけの最下級魔法だ。いや、でも、ネロの修行のお陰で、岩を砕けるくらいの威力は出せるようになったんだ。全力でやれば、デモンベアを追い払うくらいのことはできるかもしれない。

僕は呪印文字を宙に浮かべ、全身のマナを絞り出すように放つ。

『よいか、マルク、精霊紋は精霊交信や、精霊召喚を行うだけのものではない。魔法の行使に、精霊の力の一部を借り……お、おい、マルク、力を込め過ぎではないか？』

溜めていたマナに黒い光が混ざり……炎の球が一気に膨れ上がった。

「〈炎球〉！」

僕の背丈よりも一回りは大きいであろう、豪炎の球が手から放たれた。床を削りながらデモンベアへと向かっていく。

「オオッ⁉」

それがデモンベアの最期の鳴き声となった。

炸裂《さくれつ》した〈炎球〉が、洞窟の周囲の壁ごとデモンベアを爆風によって消し飛ばした。轟音《ごうおん》が響き、洞窟内に大きな窪《くぼ》みが生じ、亀裂が走っていく。

「な、なんで……？」

思っていたより十倍は大きい〈炎球〉となった。

『い、いかん、崩れるぞマルク！』

洞窟内が振動し、石が落ちてきた。

「なんでぇえええええっ⁉」

僕は情けない声を上げながら、必死に洞窟の外を目指した。

……無事に外に逃げてから、崩れ落ちた洞窟へと目を向ける。

『我の祭壇……』

「ごめん、ネロ……」

『……いや、よい。そもそも、まぁ……我の説明不足であったしな。そなたのマナを用いて、我のマナを召喚する……簡単にいえば、魔法の行使の際に、契約精霊のマナを引き出して、魔法の威力を高めることができるのだ』

洞窟から黒い煙が上がっている。これではすぐに、何事かと村の人達が駆けつけてくるだろう。

『……すぐにこの場を離れた方がよいな』

「ちょっと待って、ネロ」

僕は石を拾い、それを使って地面に妖精の絵を描いた。

「よし、これで……」

この妖精の絵は、僕が幼少の頃に、話し相手になってくれた人――妖精の振りをした長老様――へと、贈り物として描いたのと同じものだ。

きっと長老様ならば、これを見て、僕が生きていることを知ってくれるだろう。

ネロの言う通り、今は何も言わずに立ち去り、時間が解決してくれるのを待つべきなのだろうけれど……長老様だけには、僕の無事を伝えておきたかった。

『……甘いな、マルクよ。その男は、村のためにそなたを犠牲にした張本人であるというのに』

「甘い……。それって、ダメなこと、なのかな」

僕が不安げに問うと、ネロの笑い声が聞こえてきた。

『いや、そなたの想うように生きるがよい。悪いとは言わんが、弱さとはなるかもしれん。だが、我は、ニンゲンの弱さを愛しておる』

ちょっとばかり、幸先の悪い旅立ちにはなったけれど……。

こうして僕とネロの、不思議な旅が始まった。

第二話　暴風の襲撃者

1

「ふぅ……ここまで来たら、大丈夫かな」

山を下り、村から離れたところまで来た。

ネロの領域で岩を担いで訓練していたお陰か、ちょっと走ったくらいであれば、全く身体はしんどくなかった。

「でも……こそこそ逃げてきたなんて、なんだか悪いことした気分だ」

『我の祭壇を破壊したのであるがな』

悪いことはしっかり行っていた。

「ご、ごめんね、ネロ……」

『まあ、村の者が、近い内に建て直してくれるであろう。そんなことより、精霊契約の力の使い方を、しっかりとそなたに説明しておかねばな』

そんなこと、で済ましてしまった。ネロは懐が広い。

『マナの貸し出しと精霊召喚を除けば……後は、化身召喚と精霊融合である』

「化身召喚と、精霊融合？」

『うむ。化身召喚から説明した方がよさそうであるな。精霊紋にマナを込め……我がマナを引き出し、そのマナを目前に放出するのだ。分散しないように丸く留《とど》めて、とにかく形にするイメージでな』

「こ、こうかな」

ネロの説明を聞き、精霊紋にマナを込めながら、両腕を前へと伸ばす。

「化身召喚！」

楕円形《だえんけい》の黒い光が広がる。それが変形して形を変え……犬の姿へと変わった。

青と黒の交じった毛並みを有している。背中からは、見覚えのある青黒い触手がふよふよと伸びていた。

「……ネ、ネロ？」

『うむ、そうである。精霊召喚にはマルクのマナではとても足りんが……こうして可能な範囲で、化身として我を召喚することもできるのだ！　フフ、現界の空気とは、美味であるな！』

ネロが嬉《うれ》しそうに、空気を吸ったり吐いたりを繰り返す。牙を剝き出しにして笑う様子も、なるほど確かにネロそのままだ。

……にしても、元の姿を知っている身からすると違和感がある。

『視覚は元々マルクと共有しておったが、やはり化身の目で見た方が臨場感があるぞ！　全てが新鮮である！　これならばマルクとの旅路も、より楽しめそうであるな！』

ネロがブンブンと尾を振ってそう燥《はしゃ》ぐ。あんなに怪物染《じ》みた姿をしていたネロが、今ではすっかり可愛らしく見える。いや、仕草が可愛かったのは元々かもしれない。

『と、最後の精霊融合についても、話しておいた方がよいな。精霊融合とは……』

ネロが話し始めたとき、轟音《ごうおん》がそれを遮った。

街路の先より、馬車がこちらへ向かって来る。その背後には、巨大な怪鳥の姿があった。

馬車よりも一回りは大きく、黄金の翼と、巨大な嘴《くちばし》を有している。両翼には、赤い魔方陣が記されていた。

「ギィイイイイ！」

不気味な声で怪鳥が鳴く。

「〈風刃〉！」

馬車の荷台より、女の人が怪鳥へと剣を向ける。

剣先より風魔法の刃が放たれた。

「よし、命中……」

だが、風の刃は、当たる手前でその形を崩す。怪鳥の翼に傷を付けることさえ敵わなかった。

そのまま怪鳥は怯《ひる》むことなく、巨大な鉤爪《かぎづめ》で、馬車の後部を殴りつけた。馬車が横倒しになり、御者の人が投げ出され、地面を転がる。

「ひいいいいっ！」

転倒前に馬車から飛び降りていた女剣士が、怪鳥へと正面から向かう。

「……魔法に耐性があるのは知ってたけど、牽制《けんせい》にもならないとは思わなかったわ。ロック鳥……まさか都市近くで、Ｂ級の魔物が出るなんてね」

ロック鳥……危険な魔物そうだけれど、ネロのマナを借りられる僕ならば、どうにかできるかもしれない。僕は地面を蹴り、横転した馬車の許《もと》へと走った。

「助太刀します！」

近づいてきた僕に気が付いた女剣士が、ぎょっとした顔で僕を振り返った。

「子供……それも、丸腰の⁉　な、何しに出てきたの！　早く逃げなさい！」

精霊紋にマナを込め、宙に呪印文字を浮かべる。

あのロック鳥に、僕の唯一使える魔法……〈炎球〉をお見舞いする。

「ロック鳥の翼は、マナを弱める力があるのよ！　そんな基礎の基礎の魔法じゃ、すぐに崩壊させられて……気を引くこともできないわ！」

「そ、そうなの……？」

ようやく、さっき彼女の口にしていたことの意味がわかった。

だが、ここまで来て止《や》めるわけにもいかない。僕はとにかく、夢中でマナを込めた。

「ギギギギギギッ！」

ロック鳥は、僕の行為を嘲笑うように鳴いた。少しでも大きくすれば、ロック鳥の力に抗えるかもしれない。

「……ギィッ？」

　炎の球を、僕の背丈の倍近くまで大きくしたところで、ロック鳥が間の抜けた鳴き声を上げながら首を傾げた。

「あ、あなた、何その馬鹿げた大きさの炎……」

「〈炎球〉！」

　これで少しでも翼に傷を負ってくれれば、ロック鳥の機動力が落ちる。分が悪いと見て逃げてくれるかもしれない。

「ギイイイイッ！」

　ロック鳥は大声で鳴くと、宙を歪《いびつ》な螺旋状《らせんじょう》の動きで飛び、炎の球を回避した。

「さ……避けられた！　あっさりと！」

　息を呑《の》んだ。僕はこれしかできないのに、容易く対応されてしまった。

「……あっさり？　滅茶苦茶必死に見えたけど」

『魔法に関しては、マナの出力を高めることしか教えておらんからな……。素早い相手に当てるのはまだ難しいか』

　いつの間にやら、僕の背後にネロが立っていた。

『精霊融合を使うのだ、マルクよ。我の化身を出したときのように意識しながら、腕を振るうのだ』

「う、うん！」

ネロに言われるがまま、ロック鳥目掛けて腕を振った。

「精霊融合！」

僕の服の袖から、青黒い無数の触手が伸び……僕に背を向けていた、ロック鳥の身体を素早く搦《から》め捕った。

「ギィイイッ⁉」

これはネロの触手だ。精霊の身体の一部を、自身の身体に召喚することができるのが精霊融合らしい。

「えいっ！」

勢いよく腕を振り下ろす。

「ゴェエエエ！」

ロック鳥が頭から地面へ叩《たた》きつけられる。地面が大きく窪《くぼ》み、その中心にはロック鳥がぐったりと倒れていた。

「た、たた、助かったのですか……？」

御者の男は、頭を抱えながら地面を這《は》っていたけれど、そうっと顔を上げた。

「助けられたけれど……な、何なの、あなた？」

女剣士が、若干引いたようにそう口にする。

2

「その犬……精霊みたいね」

ネロのことをどう説明するべきなのかと悩んでいると、女剣士がそう口にした。

「契約者だったのですね！　いやぁ、本当に助けられましたよ、少年！」

馬車の御者の男が、僕へとそう声を掛けてきた。

二十代中頃だろうか？　ややぼさっとした、くすんだ銀髪をしており、片眼鏡を掛けている。

「いやぁ、命拾いしました。俺は行商人の、ハインスといいます。そっちの御方が、護衛のために雇った冒険者のロゼッタさんです。結構有名な、お強い方なんですよ！　今回はその、散々でしたけど、へへへ」

女剣士……ロゼッタさんは、ハインスさんにそう紹介されて、彼をギロリと睨《にら》んでいた。

「僕はマルクで、こっちが精霊のネロです。……あの契約者って、一般的なんですか？」

「おかしなことを聞きますね、マルク少年。大半の冒険者は、何かしら契約精霊を有しているものですよ。ロゼッタさんも契約者ですからね。俺は持ってませんが、生活の補佐や……或《あ》いは愛玩、話し相手として、下級精霊と契約している方もいらっしゃいます」

「そうなんですね……。あまり村から出たことがなかったもので」

「なんと、それだけお強いのに、勿体《もったい》ない……！」

ハインスさんは目を瞬かせ、大袈裟《おおげさ》な仕草で驚く。

「……強い、なんてものじゃないわよ。村から出たばかりの子供が、ロック鳥を圧倒するなんて……本当に普通じゃないわ。ちょっと自信失くすわね」

ロゼッタさんが恐々と、ネロへと顔を近づける。

『マルクが弱いわけがなかろう。なにせ、この我の契約者であるからな』

ネロが得意げにそう答える。

その後、ロゼッタさん、ハインスさんと話をして、行き先が特に決まっていないことを伝えると、彼らの馬車で都市ベインブルクまで連れて行ってもらえることになった。この周囲で最も発展している都市らしい。

「そのロック鳥……討伐の証明として頭部だけでも都市まで持っていけば、高額で引き取ってもらえるはずですよ。馬車で運んで差し上げましょう、マルク少年」

ハインスさんがそう提案してくれた。

「ありがとうございます。では、お願いします」

「本当は身体全体を持っていきたいところですが、俺の馬車ではちょっと無理ですね。んん、勿体ない」

ハインスさんが苦笑しながら、ロック鳥の亡骸を眺める。それからポンと手を打った。

「そうだ、新人の旅人君にとっておきの魔道具があるんですよ！　……ちょっと値が張るものですが、君は命の恩人ですからね」

ハインスさんはそう言いながら、馬車の荷台を漁る。

「マルク少年、これを差し上げましょう。命を助けていただいたことに対する、俺からのお礼です。〈亜空の指輪〉というものでしてね」

ハインスさんが出してくれたのは、紫色の光を帯びた宝石の付いた指輪だった。

「いいんですか？　こんな、高そうなもの……」

「ふっふ、いい商人は、恩には報いるものですよ。指輪にマナを込めれば、自在に物を収納して持ち運びのできる、異空間を開くことができるんです」

おお、凄く便利そうだ。そんなものを、こんな気軽にもらってしまっていいのだろうか？

「一般にこの魔法技術は〈亜空収納〉と呼ばれています。まぁ、予備の武器を入れておける程度のものですが、あるとないとでは全然違いますよ」

早速〈亜空の指輪〉を指につけてから、試しにマナを込めてみることにした。

指輪が輝き、光が渦を巻く。……軽くマナを込めただけだったのだが、光の渦は一気に広がっていき、直径三メートル近くの円になった。

「ロック鳥の肉は高く売れるでしょうから、入るだけでも亡骸の一部なり入れておくと……なんですか、その大きさ？」

ハインスさんが、若干引き攣《ひ》《つ》った顔で、僕の展開した〈亜空収納〉を見つめる。

「……普通は、手許に小さな渦が生じる程度なんですがね。使用者のマナによって大きさが変わるとは聞いていましたが、これ程までとは。入り口だけでこの大きさでしたら、ロック鳥の全身が入ってしまいますよ。俺と行商人をやりませんか、マルク少年？　横に立って〈亜空収納〉を開いてもらうだけで、ひと財産作れてしまいますよ」

「私の知ってる〈亜空収納〉の規模じゃない……」

ロゼッタさんも目を見開いていた。

「あ、あははははは……」

僕は苦笑いをして誤魔化した。

……うっすらと気づいてはいたが、ネロと契約したことで、僕のマナがとんでもなく強大なものになってしまっているようだった。僕にこのマナを制御しきれるのだろうか？

とにかく、余程のことがない限りは、控えめにマナを使うようにしておいた方がよさそうだ。

3

「着きましたよ、お三方。ここが都市ベインブルクです」

御者のハインスさんが振り返り、僕達へとそう伝える。

「す、凄い、こんなに建物がいっぱい……！」

『見よ、マルク！　あの巨大な建造物を！　我も新しい祭殿は、ああいう感じにしてもらいたい！

おお、ニンゲンがいっぱいおる！　かような場所が現界にはあるのか！』

僕はネロと抱き合って、大騒ぎしていた。

整備された石の通路が続き、たくさんの人達が行き交っている。道の脇には露店が並び、なんとも賑《にぎ》やかな様子であった。

『ここが話に聞きたる「都市」というものか！　与太の類いと思っておったが、まさか実在したとはな……！』

「はは、そんな大仰なものではないんですが……喜んでいただき、何よりです」

ハインスさんが苦笑交じりにそう口にする。

「……あんまり騒がないで欲しいわね、恥ずかしい」

ロゼッタさんが溜《た》め息《いき》を吐く。

その後、ハインスさんと別れることになった。

「ではマルク少年、御達者で！　君の活躍を期待していますよ」

「ありがとうございました、ハインスさん」

「もしも行き場やお金に困ったら、いつでも呼んでくださいね！　君の目指す自由な旅とは少し変わってしまうでしょうが……護衛兼運搬の手伝いとして、商人としては喉から手が出る程に欲しい人材ですから！　しばらくはこの都市にいますから、商会で名前を出していただければ、また会えるはずです！」

ハインスさんが凄い早口で捲《まく》し立てる。

「け、検討させてもらいますね……」

僕は苦笑いしつつ、そう返した。

「マルク、あなた、冒険者ギルドに行きたいでしょう？　私が案内してあげるわ」

「冒険者ギルド……？」

「それも知らないのね……。魔物狩りの活動を支援する、各地の領主が取り仕切っている協会よ。ロック鳥の亡骸を引き取ってもらえるわ。当面の生活資金にはなるはずだし、冒険者として登録しておけば旅人としても生きやすくなるわ」

「なるほど……！　でしたら是非、案内をお願いします、ロゼッタさん！」

「じゃあ案内するけれど、その前に……精霊は異界に帰しておいた方がいいわ」

『な、なんであると⁉　何故であるか！』

ロゼッタさんに言われ、ネロが触手を威嚇するように持ち上げる。

「何故って……召喚を維持するのは、マナの無駄でしょう？　それに契約者が精霊を召喚しているのは、剣を剝き出しで構えているようなものよ。精霊が人を襲うかもしれないし……」

『我はそのような粗暴な下級精霊とは違う！』

ネロがロゼッタさんを見上げ、唸《うな》り声を上げる。

「できれば連れて行ってあげたいです。ネロは現界に興味があって……それに、僕の友達なんです」

『よく言ってくれたぞ、マルクよ！　そう、そうである、我とマルクは、友達であるからな！』

「う〜ん……」

ロゼッタさんが、ひょいとネロを抱き上げた。ネロはロゼッタさんの腕の中で、必死に身体を捩《ねじ》る。

『な、何をするか！　離せ、離せ、小娘！』

「まあ、対話できる時点で知能が高いのは間違いないし……見掛けも可愛らしいから、大丈夫かしら」

『小娘如きが、この大精霊ネロディアスを捕まえて、可愛らしいだと！』

ネロがカッと双眸《そうぼう》を見開く。

『……ま、まぁ、悪い気はせんか』

その後、触手と尾を垂らし、大人しくなった。

ネロ的に、可愛らしいはセーフだったようだ。言っていいものかどうか悩んでいたが、これからは心置きなく言ってあげることにしよう。

「ただ新参者ってだけで粗探しして騒ぎ立てる奴もいるし、登録が終わるまでは付き添ってあげるわ」

「何から何までありがとうございます、ロゼッタさん」

僕はロゼッタさんへと頭を下げた。

「いいのよ、命を助けてもらったのは私の方なんだから」

『おい、小娘、あまり馴《な》れ馴《な》れしく触ってくれるなよ！　我が友と認めたのは、マルクだけである！』

ネロがロゼッタさんを見上げて、そう憤る。ロゼッタさんは無言でネロの首回りを撫《な》でた。

『や、止めよっ、止めるのだ！　うぐっ！』

ネロは喜びで持ち上がりそうになる尾を必死に抑え、抗っていた。

ネロは首回りを撫でられるのが好きらしい。覚えておこう。

4

ロゼッタさんに案内してもらい、冒険者ギルドへとやってきた。中央に大きな掲示板があり、窓口らしいところに人が並んでいる。

「ここが冒険者ギルド……強そうな人がいっぱい……」

『……こうニンゲンが多いと、少々緊張するな』

ネロは一応、他の人に危害を加えないことを示すために、僕が腕に抱いている。相当緊張しているらしく、尾を垂らし、身体を委縮させていた。僕はそっとネロの頭を撫でた。

冒険者としての登録と、ロック鳥を買い取ってもらうために、僕達は窓口へと向かった。五分ほど待って僕達の番が来た。

「B級冒険者のロゼッタさん……！　ペインブルクに戻って来ていたのですね」

受付嬢が声を上げる。

「この子の登録をお願い。それから、彼の討伐した魔物の亡骸を換金してもらいたいの」

「わかりました。では登録をいたしますが、口頭登録と筆記登録、どちらがよろしいですか？」

受付嬢の質問に、ロゼッタさんが僕を振り返った。

「筆記で大丈夫です」

「では用紙をお持ちしますね」

村では、文字は読めるが書けない、という人も多かった。

僕の小屋にはたくさんの本があったし、妖精の振りをしていた長老様が文字の読み方を教えてくれたのだ。ほとんど小屋から出ることもできない僕がせめて読書を楽しめるようにと考えてのことだったのだろう。

渡された用紙に羽根ペンで記入して、受付嬢へと返した。

「既に精霊契約済み……と。ただ、経歴はなく、村を出たての十四歳……ですか。でしたら、最下級のF級からになってしまいますね」

「F級ですって？　上級冒険者からのお墨付きなら大丈夫でしょう。この子は既に、魔物を討伐できるわよ。実際に倒した魔物の亡骸も持ってきているわ」

「実はベインブルク支部のギルド規定が、ちょっと厳しくなってしまったんです。上級冒険者の方が、お金で昇級を補佐していた事件がありまして……。依頼を通さない魔物の討伐実績については、低級冒険者であっても即時昇級とはいかなくなってしまって」

「面倒なことをやってくれた馬鹿がいるわね」

ロゼッタさんが溜め息を吐いた。

「あの事件の直後でなければ、年齢を誤魔化すという手もあったんですが、私としても確認してしまった以上……すみません」

「別に僕、F級からで問題ありませんよ」

よくわかってはいないが、別に冒険者ギルドの等級に対して拘りはない。

「……少し厄介なことになるわよ。F級っていったら、まともに戦えない子供向けに、誰でもできる雑用仕事を斡旋《あっせん》してるだけなの。ギルドの恩恵をほとんど受けられないわよ。普通の人はE級からなの」

「そうなんですね……」

ちょっと間が悪かったようだ。

別に僕としては、最低限の仕事がもらえるのならばそれでもいいのだが……。

「私より強いあなたがF級から始めるって、そんな馬鹿な話はないわ」

「ご、御冗談ですよね？　B級冒険者のあなたよりも強いなんて」

「どうにかできる方法はないの？　間違いなく彼、実力は一級品なのよ」

「う、う〜ん……前のこともありますし……ギルド長はお堅い、厳格な方ですからね。前の騒動でも職員がなあなあで手を貸した節もあって、相当腹を立てていたみたいでして……」

受付嬢が困ったように答える。

「別に僕は大丈夫ですよ。ギルドの方に迷惑を掛けるわけにもいきませんし」

「いい、マルク。F級は、ほんっとに仕事のない子供向けの等級なのよ！　荷運びや掃除、調べものやペット捜しみたいな仕事を、タダ同然の安値で押し付けられるだけよ。扱いも悪いわ」

「楽しそう……やってみたいです！」

「なんて純粋でいい子……!?」

ロゼッタさんがショックを受けたように仰け反った。

「おいおい、これは何の騒ぎだい？　あまりゴネて、職員を困らせてくれるなよ」

そのとき、横から一人の男の人が近づいてきた。金の長い髪をしており、綺麗《きれい》な鎧《よろい》をつけていた。

「……あら、〈黄金剣のギルベイン〉」

ロゼッタさんが面倒臭そうに目を細めて、彼を睨んだ。

「そうおっかない顔をするなよ。私はギルドと契約して、ベインブルクの専属冒険者になったんだよ。要するに、職員側になったってことさ」

ギルベインさん、というらしい。彼は僕を見て、底意地の悪そうな笑みを浮かべる。

「ギルベインさん、よかった……。この方々、冒険者登録をしたいそうなんですが、ちょっと問題がありまして……。私の権限では、とても判断できなくて……」

受付嬢が安堵《あんど》したようにそう口にした。ただ、ロゼッタさんは依然、浮かない表情をしていた。

「……こいつ、他人のために融通利かせてくれるような、そんな殊勝な奴じゃないわよ」

「公的に判断できる情報はないいんだろう？　今は厳しめに見ろとのお達しだ。いくら優しいこの私でも、とてもじゃないけど、この情報でE級にするわけにはいかないねえ。元よりギルドの規律……そして、人命に関わることだ」

ギルベインさんは僕の登録用紙を手に取り、舐《な》め回すように内容を確認する。

……どうにも、僕達の肩を持ってくれそうな様子はなかった。

「この子は凄い量のマナを持っているわ。精霊と契約しているし、魔物だって既に倒している」

「ちょいとマナが多かろうと、戦えるとは限らない。魔物討伐だって、正式な依頼を通したもの以外は実績として見做《みな》せないというのが現在の方針。そしてそんなチンチクリンな下級精霊では戦力

「だったら、今すぐ僕の自由を手に入れる。いや、こればかりは正面から戦っても勝負にならない。本気で冒険者をしたいのならば、契約破棄して真っ当なのを手に入れろ。はい論破」

ギルベインさんはしたり顔でロゼッタさんの言葉を否定し、僕の抱きかかえているネロを指で示した。ロゼッタさんは相当頭に来ているらしく、眉間に皺《しわ》を寄せていた。

『きっ、貴様！　今、この我を愚弄したのか！』

ネロが殺気立ったように力み、触手を持ち上げる。僕は慌てて押さえて、首の回りを撫でた。

「抑えて、抑えて、ネロ！」

「どれ……いたいけな少年の儚《はかな》い夢を壊すようで心が痛いが、教えてやろう！　精霊召喚！」

ギルベインさんは腕を天井へと伸ばす。

床に白い光が走る。

光の中心に銀色の毛並みを持つ、双尾の狐《きつね》が現れた。一メートル半前後の全長がある。

「クゥオオオオオン」

双尾の狐は一声鳴いた後、横目で僕達の方を睨む。

「どうだい？　私の白銀狐《はくぎんぎつね》ちゃんは！　優美で勇ましいだろう！」

「か、格好いい……！」

確かに美しいし、強そうだ。

『おい、マルク！』

「そうだろう、そうだろう！　冒険者の契約精霊とは、かくあるべきなのだよ少年。愛玩の延長にしか見えないワンちゃんを連れて来られても困るというもの……」

『フン、あんな子狐がなんだというのだ』

ネロがギロリと白銀狐を睨みつける。白銀狐はネロの威圧に力量差を感じ取ったのか、びくりと身体を震わせて、小さくなってその場に伏せた。

「ど、どうしたんだい？　私の白銀狐⁉」

ギルベインさんはその場に屈んで、白銀狐のお腹を撫でる。

白銀狐は白い光に包まれて、その姿を消した。

『逃げよったか、あの子狐』

ネロが小馬鹿にしたように笑う。

「お、おかしいな……体調が悪いのかな……と、とにかくだ！　君をE級冒険者と認めるわけにはいかない！」

ギルベインさんは顔を赤くしながら、声を張り上げてそう言った。意気揚々と呼び出した精霊がすぐさま消えてバツが悪かったのかもしれない。

5

「……私に根を持つのは結構だけど、第三者を巻き込むのは止めてもらえるかしら、ギルベイン」

「はっ、何のことだかわからないね。自意識過剰もいいところだ。私はただ、ギルドの規律を守っているに過ぎない」

ギルベインさんは、ロゼッタさんの言葉を鼻で笑う。どうやら二人の間に因縁があるようだ。

「だが、そうだね……実力ある者に、適切な等級を与えるよう尽力するのもまたギルド職員の使命……。そこまで言うのならば、この私が、君達のために、機会を作ってあげようじゃないか」

ギルベインさんはニマリと笑い、そう口にした。

「わざわざ僕なんかのために、ありがとうございます、ギルベインさん……！」

「だからアイツ、そういう殊勝な奴じゃないわよ」

僕の言葉に、すかさずロゼッタさんがそう返した。

「なんだか調子が狂うな、君……。ま、まぁ、いい」

ギルベインさんは忌々しげに鼻の頭を押さえた後、言葉を続ける。

「ギルド職員になった冒険者の仕事の一つに、大人数依頼《レイドクエスト》の監督がある。F級冒険者とて、付き添いの上級冒険者さえいればレイドへの参加が認められている。私の監督するレイドへ参加したまえ、そこで見極めてやろうじゃないか。そこで冒険者としての技術……そして心構えができていれば、E級冒険者として認めてあげよう」

「……要するに、私をこき使って、諂《へつら》わせようって算段？」

「ハッ、人聞きが悪いねぇ、ロゼッタ。これは私からの善意だよ。ただ、私も人間だ。付き添いの冒険者の態度が悪いと、私も真っ当な判断を下せなくなってしまうかもしれないねぇ」

ギルベインさんは大袈裟に肩を竦《すく》める。

「依頼は明日北の森にて行われる、ゴブリンの集落狩りだ。ま……参加するなら、ロゼッタが受注して、そっちのガキを連れてきたまえ。私を認めさせることができないと思うのであれば、諦めてF級冒険者として登録しておくことだね」

そう言うと、高笑いをしながら僕達の前から去っていった。

『……マルクの実力を認めるつもりなど、毛頭なさそうな様子であったな』

ネロが呆《あき》れたように口にする。

「ギルベイン……元、私の仲間なのよ。私は各地を旅したかったけど、あいつは安定を求めて都市から動きたがらなかったの。職員になったってことは、パーティを解散してから上手くいかなかったんでしょうね。巻き込んで悪かったわ」

ロゼッタさんが深く溜め息を吐く。

『典型的な逆恨みではないか……』

「別に、そう悪い人には見えませんでしたけれど……」

『マルクよ、もう少し悪意に敏感になった方がよいぞ。そなたは人が良すぎるのだ』

そ、そうなのかな……。

「散々私達をこき使ってから、難癖を付けて不合格を出して小馬鹿にするつもりでしょうね」

「すみません、ロゼッタさん……。職員内では、冒険者経験のある方の発言力が大きくて……ギルベインさんが判断を下した以上、口出しするのは少し難しい構造になっているんです」

受付嬢が僕達にペコペコと頭を下げる。ふとそこで、僕は冒険者ギルドにやって来た、第一の目的を思い出した。

「あ……そうです！　魔物の亡骸の換金をお願いします」

「ええ、構いませんよ！」

僕は指輪にマナを込めて〈亜空収納〉を行い、光の渦を展開する。

「お、おい、あのガキ、物騒な光を展開してやがるぞ⁉」

「〈亜空収納〉か……？　いや、規模が明らかにおかしい！」

ギルド内が騒《ざわ》めき出す。

目前の受付嬢も、光を目にして、段々と顔が引き攣ってきていた。

僕は光の中に手を入れ、ロック鳥の亡骸を引っ張り出す。巨大な鳥の亡骸に、一瞬ギルド内が、しんと静まり返った。

「ど、どちらでこれを……？」

「道中で倒したんです」

僕が答えると、再びギルド内が大騒ぎになった。

「ロ、ロック鳥なのか⁉　Ｂ級の魔物じゃないか⁉」

「さすがに有り得ねえぞ！　あんな、武器も持っていない、ひょろっちい子供が、いったいどうやったっていうんだよ！」

「だが、あれだけ巨大な〈亜空収納〉を展開できる奴なら、おかしくはないぞ！」

受付嬢は、魂の抜けたような顔で、茫然《ぼうぜん》とロック鳥を見つめている。

「あ……すみません。ここで出したら、他の人の邪魔ですよね……」

「そ、それはいいのですが……は、はい。す、すぐに換金いたしますね」

受付嬢はドタバタとギルドの奥へと駆けていく。よっぽど慌てていたらしく、転倒した音が大きく響いてきた。

僕は騒然となるギルド内を、盗み見るように見回す。人前に出たことはないので、なんだか居心地が悪かった。

「あの……ロゼッタさん。今の、何か不味《まず》かったですか？」

「……まあ、あなたなら難癖の付けようもないでしょう。レイドでギルベインがどんな顔をするのか、今から楽しみにしておいてあげましょうか」

ロゼッタさんはそう言いながら、溜め息を吐いた。

翌日、僕達はギルベインさんに連れられて、都市ベインブルクの北部にある森を進んでいた。

ロゼッタさんに加えて、大人数依頼《レイドクエスト》を受けた、他の冒険者達も集まってきている。監督役のギルド職員の冒険者が二人に、一般冒険者十人の、合計十二人となっている。

今回のレイドはゴブリンの集落狩りである。森奥の古い砦跡《とりであと》を拠点にしたゴブリン達が勢力を拡大し、森を通る人間達を襲撃しているのだそうだ。

目的は拠点の破壊による集落の解散である。参加した時点で各冒険者の等級に応じた報酬がある他、討伐したゴブリンの頭数分の特別報酬が支払われる。

「さて、手筈《てはず》通り、ここらで二手に分かれようかい。半数は南側へと回り込んでもらう。小鬼相手にここまでする必要はないが、規模が規模だから、慎重に動けとギルド長からのお達しだ」

森の移動中、ギルベインさんがそう口にした。

もう一人の監督役である大斧《だいふ》を担いだガンドさんが、半数の冒険者を連れて、ゴブリンの拠点の南側へと回り込むべく移動していった。

「さて、これで約束通り、君のこともたっぷりと見てあげられるよ。ギルド専属のB級冒険者として、このギルベインがきっちりと指導してあげようじゃないか。光栄に思うといい」

ギルベインさんが、ニンマリと笑いながら僕達に声を掛けてきた。

「……それは結構だけど、そっちにかまけてレイドを蔑《ないがし》ろにしないことね、ギルベイン。上位種もいるだろうし、群れたゴブリンは存外に厄介よ」

「指図するなよ、ロゼッタ。今の私は監督役だ。指揮系統を乱す発言は、冒険者失格だな。こんなのの連れてきた子供だと思うと、私の立場として評価しにくいねえ……。監督役には、敬意を示してもらわないと、敬意を」

ギルベインさんが大仰に頭を押さえ、嘆いてみせる。

ロゼッタさんは、苦虫を噛《か》み潰したような表情を浮かべていた。それを見て、ギルベインさんは満足げに、二度頷《うなず》く。

「今日はよろしくお願いしますね、ギルベインさん！　僕、頑張ります！」

僕の言葉に、ギルベインさんは顔を歪《ゆが》ませる。

「……本当にやり辛いな、君」

それから少し進んだところで、目標の砦跡に近づいてきた。

土の壁に覆われており、倉や木を組んで作られた高台があった。徘徊《はいかい》しているゴブリン達の姿も見える。

「ゴブリンの分際で、見張りを立てるとは煩わしい。半端に隠れて向かうより、魔法で動揺させてから攻め込んだ方がいいな」

ギルベインさんが、ふと僕を振り返る。

「おい、君、武器はどうした？　昨日も持っていなかったな」

「え……？」

武器なんてこれまで握ったこともない。何せ、村から出てきたばかりなのだ。

「この子は魔術師寄りだし、精霊融合も使えるから不要なのよ」

ロゼッタさんがすぐさま僕達の間に入り、そう説明してくれた。

そうか、僕は魔術師寄りだったのか。

「ふぅん？　そういえば昨日も、マナが多いとかなんとかほざいていたねぇ。魔法が得意だっていうのなら、大事な先制の一撃を任せてもいいかな？　相手を撹乱《かくらん》させつつ、煙を上げて回り込んでいるガンド達に開戦の合図を送る、大事な役目なんだが。得意だっていうのなら、それくらいできるよねぇ？」

ギルベインさんが、ずい、と僕へ顔を近づける。

「ギ、ギルベインさん、正気ですか？　そんな子供に大事な初撃を任せるなんて！」

他の冒険者達が騒ぎ始める。

「う〜ん……ロゼッタが推薦しているんだし、魔法頼りみたいだから、それくらいできるのかと思ったんだけどねぇ。武器持ってません、精霊は小っちゃいワンちゃんですじゃ、他に何ができるんだか……。いや、できないのなら仕方がないか。この中で、炎魔法に自信があるのは……」

炎魔法、と聞いて僕は一直線に手を上げた。

「僕、炎魔法ならできますよ！」

「なにぃ？」

ギルベインさんが訝《いぶか》しげに目を細める。

「ぜひ、任せてください！」

炎魔法の威力ならば、充分認めてもらえる自信がある。精度はあまり自信がないが、撹乱が目的ならば、飛距離と威力さえあれば充分なはずだ。

「はぁ……あのね、いいかい、これは大事な場面だ。もしもしくじって足を引っ張るようなことがあれば、その時点でE級冒険者の件はなかったことになると思えよ。君を紹介した、ロゼッタのメンツも潰すことになるわけだ。もう少し慎重に言葉を……」

ギルベインさんはそう言って、ちらりとロゼッタさんの顔を見る。

「私は別に、マルクに任せて構わないと思うわよ。マルクに任せたいって言いだしたのはあなたでしょう、ギルベイン」

「なんだって？」

ギルベインさんは表情を曇らせる。

「……フン、恥を搔《か》きたいなら好きにしたまえ。おい、他の者も魔法を構えておけ。そこのガキが失敗したら、すぐさま二発目を撃て。その後は一気に門から突撃する」

ギルベインさんは僕が成功するとは思っていないのか、他の冒険者達へそう声を掛けていた。

『マルクよ、思いっきりかましてやるがよい』

「うん、わかった！」

僕はネロを地面へと置くと、手を前方へと構えた。

「どの辺りへ撃てばいいですか、ギルベインさん？」

「塀の内側ならどこでもいいけれど……君、自分の魔法の飛距離をわかっているのか？　こういうのは少数に分かれて、極力接近してから……」

塀の内側ならどこでもいいのか。中央辺りの、一番立派な塔らしきものを狙ってみることにしよう。

僕は呪印文字を宙に浮かべ、炎の球を浮かべる。

「ふぅん、一応はまともに魔法を使えるのか。まあそれでも、それだけじゃ冒険者としてはやっていけないけれどね。力押しだけでどうにかできるほど、冒険者業は甘くは……」

僕はマナを注いで、炎の球をどんどん大きくしていく。

前のように敵が目前に迫ってきているわけでもないので、落ち着いて炎球にマナを注ぐことに専念できる。

何せ、この一発で今回の討伐依頼の行く末を左右する上に、ギルベインさんの僕への評価も決まるのだ。失敗すればロゼッタさんの顔も潰すことになる。全力でいかなければならない。

「なんだこれ……？」

ギルベインさんは、顔を真《ま》っ蒼《さお》にして、僕の炎球を見つめていた。

「な、なんで、前のときに増して大きいの！　ちょ、ちょっと、マルク、一回それ、止めて、止めて！　撃って大丈夫なの、それ！」

「〈炎球〉！」

僕は直径五メートル程までに膨らませた炎球を、手の先より放った。

豪炎は砦の壁を容易く破壊する。そのまま中央にあった、細長い塔のような建物の根元を破壊した。砦内に猛炎が広がっていく。

「ゴオオオオオッ⁉」

何事かと、砦内にいたゴブリン達は、武器を捨てて一斉に外へと逃げ出していく。ギルベインさんは、その光景を死んだ目で眺めていた。

「何が、起きた……？　何が……？」

「……目標は、集団化したゴブリン達の拠点を破壊して、解散させることだったわよね。これもう、レイド、終わったんじゃないの？　後は各自で、気の済むまで適当に残党狩りをするだけね」

7　――ガンド――

二チームに分かれた大人数依頼《レイドクエスト》の片割れは、ギルド職員でもあるC級冒険者、〈戦斧《せんぷ》のガンド〉が率いていた。ギルベイン達が正面からゴブリンの拠点を攻める手筈になっているため、同時に反対側から攻め込んで混乱しているところを一気に叩く、というのが計画である。

そのためガンド達は、南側へと回り込んでいるところであった。

「さて……この辺りじゃな。まずはギルベイン達に、魔法攻撃で狼煙《のろし》を上げてもらうことになっておる。それが来るまでは待機じゃ」

ガンドは自身の顎鬚《あごひげ》を触りながら、他の冒険者達を振り返る。

「ゴブリン相手に、こんなチンタラする意味あるんですか。ギルベインさんは一応Ｂ級でしょ？　それに俺らも、Ｄ級冒険者の中じゃそれなりにやるつもりですよ」

若い冒険者が、ガンドへと不平を漏らす。

「武装した集団を相手に、油断する阿呆《あほう》がおるか。上位種がおるかもしれんという話じゃ。低級の魔物とはいえ、予想外のことが起きて隊が乱れれば……こちらが全滅することも有り得ん話ではないのだぞ」

ガンドがギロリと、他の冒険者を睨む。

「す、すみません……」

そのとき、森奥より足音が聞こえてきた。

ゴブリン達の拠点とは逆方向である。冒険者達は顔を見合わせ、沈黙した。

狩りにでも出ていたゴブリンであれば、声を上げて存在を暴かれては厄介である。正体を確認次第、すぐに仕留めなければいけない。

「数が少ないと思ったら、チーム分けしていたんですね。面倒ですね」

エメラルド色の髪をした、美青年であった。頭には優雅な羽根帽子を被っており、温和に目を細めている。

「魔物じゃない……人間か。その身なり、山賊というわけでもなさそうじゃな。我々は、依頼で街から来た冒険者じゃ。お前さん、ゴブリンの砦に何か……」

「見かけ通り、察しの悪い御仁です」

青年はくすりと微笑むと、ゆらりと両腕を上げた。

「私の名はダルク……。あなた方に恨みはありませんが、ベインブルクの冒険者を減らしておけとの主《あるじ》のご命令。すぐには騒ぎにならぬよう、こうして冒険者として僻地《へきち》に出てきたところを叩くことにしたんですよ」

青年が目を見開く。悪意の込められた眼光が、ガンド一行を貫いた。

ガンドは素早く大斧を構え、前に出た。

「フン！　儂《わし》らが冒険者じゃと知って、よう堂々と姿を晒《さら》したもんじゃ。どこの手の者かは知らんが、無事で済むと思うなよ！」

ガンドは声を張り上げる。

計画的に冒険者を襲撃するなんて真っ当な相手ではない。どこぞの貴族や豪商が抱えている暗殺者だとすれば、とてもではないが自分達だけで敵う相手ではないと、ガンドはそう理解していた。

だが、仲間を鼓舞するためにも、怯《おび》えなどおくびにも出さなかった。

「健気ですねえ」

しかしダルクは、そんなガンドの心中を見透かして嘲笑う。

「あなたの勇気に敬意を称し、先手はお譲りしましょう。油断が不慮の死を招くというのなら、あなた方の攻撃も私に届くかもしれませんよ」

「な、なんだと……？」

ガンドはその言葉に動揺したが、しかし好機には違いない。

「横に広がり、矢と魔法を奴へ浴びせるのじゃ！　儂が正面から行く！」

「わかりました、ガンドさん！」

ガンドの指示通り、後ろに控えている冒険者達が横へ広がった。

真っ向から挑むガンド。他の冒険者達は、矢や魔弾を放ってダルクを狙う。

「風魔法〈悪意の逆風〉」

ダルクが指を鳴らす。

彼の中心に魔方陣が光り、風の障壁が展開される。風の障壁は一気に拡散し、砂埃《すなぼこり》を巻き上げた。

「ぐっ……！」

ガンドが斧で視界を庇《かば》ったその刹那、周囲から悲鳴が起こった。

「があっ！」

「ぐわああっ！」

慌ててガンドが振り返れば、後方に控えていた全ての冒険者達が、地面へと倒れている。彼らは身体に魔弾や、矢を受けていた。

「私の契約精霊、〈風禍のパズズ〉の力です。いい魔法でしょう？　砂塵《さじん》で視界を奪いつつ、飛び道具を同方向へお返しする魔法。もっとも、同じ威力ではありませんがね」

「き……貴様、卑怯《ひきょう》なぁっ！」

ガンドがダルクへと飛び掛かる。

「卑怯……？　おかしなことを言う」

ダルクは苦笑しながら、宙に魔方陣を刻む。

「〈風魔の鉤爪〉」

鋭い風の刃が十字に走り、ガンドを弾き飛ばした。手にしていた斧が地面へと突き刺さる。

「ぐはっ！」

ガンドは地面に身体を打ち付け、呻《うめ》き声を上げる。ガンドは辛うじて顔を上げ、ダルクの顔を睨みつける。

まるで戦いにもなっていなかった。実力は最低でもA級冒険者以上だ。

「卑怯……そういうことは、正々堂々とやっていれば、勝てた戦いで言うものですよ」

ダルクはわざとらしく肩を竦めた。

「片割れの方々はどちらへお向かいに?」

「……どうじゃろうな?」

ガンドは鼻で笑う。しかし、内心では焦りがあった。

(不味いの……)

表から攻め入るチームは、魔法で狼煙を上げるという手筈になっている。煙が上がれば、ダルクにも片割れの位置などすぐにわかってしまう。

ダルクの目的は皆殺しにある。自分達はもう駄目だ。だからせめて、彼らには助かって欲しかった。

「参ったな……拷問は苦手なんです。だって、楽しくて、やり過ぎてしまうから」

ダルクは手の指をコキコキと鳴らし、悪意に満ちた笑みを浮かべる。

(頼む……狼煙よ、上がらんでくれ! 引き返すのじゃ、皆……! この男は、あまりに異様……!)

ガンドが強く念じた、そのときであった。

尋常でない爆音が鳴り響く。その轟音と共に、ゴブリンの砦内にあった、一番高い塔が崩れ落ちていった。

「ゴオオオオオオッ⁉」

あっという間に砦内に猛炎が広がっていき、ゴブリン達が大慌てで外へと散り散りになって逃げていく。

「な、何が起きたのじゃ⁉」

ガンドはゴブリンの砦から上がる猛炎と、予定にあった狼煙を、上手く結びつけることができなかった。いや、そんなことができるわけがない。

「……どうやらこれは、雑魚に構っている場合ではないようですね」

ダルクは阿鼻叫喚《あびきょうかん》の悲鳴が上がる砦を眺めながら、そう呟《つぶや》いた。

8

「い、いいかい、マルク君！　こ、今回の依頼は、ゴブリンを何体狩れるかで各自の貢献度が決定される！　た、確かにまぁ……まずまずの魔法だったが、今の一撃だけで君をE級冒険者に認めるわけにはいけない！　冒険者とは、そう、判断力だ！」

ギルベインさんが、大仰な身振りを交えて僕にそう熱弁する。

『……今のマルクの一撃を見ても諦めんとは』

ネロが僕の傍らで、呆れたように溜め息を吐く。

「なんでもいいから因縁を付けないと気が収まらないんでしょうね」

ロゼッタさんが、冷たい目でギルベインさんを睨んでいた。

「な、なんだ、私が何か、間違ったことを言っているか！　ぼ、冒険者とは、勇気と知識、そして判断力がだね……！　マナさえ強ければ、貴族の箱入り娘のご令嬢でもいいのか？　んん、違うだろ！」

ギルベインさんが、歯を剥き出してロゼッタさんを睨み返す。

「なるほど……ご教示ありがとうございます！　ギルベインさん！　頑張ってみます！」

僕の言葉に、ギルベインさんは安堵したように表情を和らげ、咳払《せきばら》いを挟む。

「あ、ああ、やってみるといい。ま……ゴブリンなんて、下級の魔物……それも、先の一撃で恐慌状態にある。十体くらいは軽く狩ってもらわないと、まあ、話にならないかな、うん」

「ギルベイン、あなた……それだけ言って、マルクに負けたら赤っ恥だってわかってるの？　本当に逃げて散らばっていくゴブリンを、今から十体も狩れるんでしょうね」

ロゼッタさんの言葉に、ギルベインさんの表情が歪む。

「あ、当たり前に決まっているだろうが！」

ギルベインさんが腕を突き出す。手の甲の精霊紋が輝き、彼の契約精霊である白銀狐が姿を現した。

「クォン」

「行くぞ、白銀狐ちゃん！　最低限……格好が付くくらいの結果は、どうにか見繕わないと……！」

ギルベインさんが砦へと走り出そうとした、そのときであった。

一陣の風が吹き荒れ……ギルベインさんの目前に、エメラルド色の髪をした男が現れた。切れ長の細い目をした、優しげな美青年だった。

「な、なんだね、君は！」

「不躾《ぶしつけ》ですみませんが、あなた方の中で一番強い御方は？」

男は、優しげな笑みのまま、ギルベインさんへとそう問いかけた。ギルベインさんはちらりと横目で僕の方を振り返ったが、すぐに前へと向き直った。

「それは……も、勿論《もちろん》、この私だよ。知らないのかい？　この私……〈黄金剣のギルベイン〉を」

「あまりベインブルクには来ないもので、それはとんだ失礼を」

憤るギルベインさんに対して、男は慇懃《いんぎん》に頭を下げる。

「やれやれ、全くだよ。ところで今、我々はレイドクエストの途中なのだが、邪魔しないでもらえるかね？　これ見よがしに前に現れて、何のつもりだい？」

「一番強いのがあなた、ということは……先の砦への攻撃も、あなたが行ったのですね」

「む……？　い、いや、それはまぁ、半分くらい私と言えなくもないが……」

「私の名はダルク……〈静寂の風ダルク〉と、そう呼ばれています。主の命令で、この都市の冒険者を狩って回っていたんですが、多少はできる人間がいたようですね。ギルベイン……なるほど、ノーマークでしたよ」

エメラルド色の髪の男……ダルクは、そう口にすると目を見開き、ギルベインさんを睨みつける。

「ぼ、冒険者狩りだって⁉」

ダルクが手許に呪印文字を浮かべて、腕を振るう。風の刃が走り、地面に大きな亀裂が走った。

「ひぃっ！」

ギルベインさんが大きく仰け反る。

「どうですか、一騎打ちといきませんか？　邪魔な蝿虫《はえむし》が飛び回るのは興醒めだ。あなたも、どうせ戦力にならないお仲間を犬死にさせたくはないでしょう」

……何やら剣呑《けんのん》な様子だった。どうやらダルクは、主とやらの命令で、ベインブルクの冒険者を狙っているらしい。

「しかし、やれやれ……一冒険者相手に、本気を出さねばならないとは。小鬼狩りに、とんだイレギュラーが交ざっていたものです。だが、ここで洗い出せておけてよかったというべきか」

僕は唇を噛み、前へと出た。

ネロと契約している僕ならば、きっとギルベインさんの援護もできるはずだ。まだ、まともにネロの力を制御できている自信はないけれど……それでも、ただ見ているだけなんて、できなかった。

「ギルベインさん、僕も手伝います……！」

「助けてくれマルク君っ！」

ギルベインさんは、地面を滑るように僕の背後へと回り込んだ。

「ギルベインさん？」

「わ、私には無理だ！　無理なんだよう……マルク君。元々、パーティメンバーだったロゼッタの力でB級になっただけで……C級冒険者の中でも、戦闘能力はせいぜい中の下くらいだったんだ！　だから彼女が抜けてから、冒険者の補佐側に回らざるを得なかったんだ……」

ギルベインさんは涙まで零しながら、地面に伏してそう吐露した。

「なんとも不甲斐《ふがい》ない黄金剣があったものですね。茶番は結構……そろそろ、アレをやった人間に出てきてもらいましょうか」

ダルクが背後の、砦の方を指で示す。

「……砦には、僕が魔法を撃ちました」

僕がそう口にすると、ダルクは目を細め、好戦的な笑みを浮かべる。

「へえ……こんな子供が。いや、むしろ。ノーマークだったことに合点がいった。雑魚の相手にも飽いていたところです。楽しませてもらいますよ、少年」

僕の横にネロが立った。

『……少々気を付けよ、マルク。この男……ベインブルクの冒険者とは、確かに格が違うようである』

9

「久々ですよ、この私と真っ当な戦いができそうな相手は」

ダルクは目を細めて僕を睨む。

「……私だって、腐っても上級冒険者。そっちの黄金剣と違って、むざむざ引いたりはしないわよ」

ロゼッタさんが僕の横に並び、ダルクへと剣を向けた。

「実力の差に気が付かないとは、愚かしい」

ダルクが両手を前に出す。左右の手に、呪印文字が浮かんだ。

『来るぞ、マルク！　触手で防ぐのだ！』

ネロが声を上げる。

「精霊融合！」

僕は袖からネロの青黒い触手を出し、僕とロゼッタさんの前に展開して防壁にした。風の刃が、触手を鋭く斬りつける。

「大丈夫ですか、ロゼッタさん！」

ロゼッタさんは青い顔をしていた。

「……反応、できなかった。こんな魔法の速さと精度……見たことがないわ」

「仲間を庇いつつ、私の魔法を凌《しの》ぎ切《き》るか。なるほどなかなか遊べそうですね」

ダルクは舌舐めずりをし、今度は手許に魔方陣を展開した。

「ですが、これはどうしますか！」

魔方陣は、複数の呪印文字を円状に組み合わせた図形だ。

ダルクの放っていた風の刃や、僕の使っている〈炎球〉は、いわば属性に変換したマナを飛ばすだけの、魔法の初歩である。魔方陣を用いた魔法こそが、本物の魔法であるといえる。

「風魔法〈嵐王球〉……。暴走させた風のマナを、球状に押し込めたもの……圧縮した小さな嵐そのもの！　一対一で使うには少々過剰な威力ですがね」

ダルクは手を掲げる。その先に、白い大きな球が現れた。

中ではマナが激しく流動しているのが見える。ゴウゴウと響く風音がその場を支配していた。

「フフ、忠告して差し上げましょう。対応を誤れば、お仲間諸共バラバラになりますよ」

「そんな……！」

僕の魔法をぶつけて相殺する……？　いや、まだまだ練度の甘い僕の魔法では、今からダルクの魔法には追い付かない。

「一か八か、触手で抑え込んで……！」

僕が精霊融合の触手を広げて、受け止めようとしたそのときだった。

『あの程度ならば、問題あるまい……。マルクよ、正面から行け』

「え……？　う、うん」

僕は広げようとした触手を、そのまま真っ直ぐ放つことにした。

「はぁ……忠告までして差し上げたのに、受け方を誤りましたね。この私の最高の攻撃魔法を、防ぐでも躱《かわ》すでもなく、正面から打ち破ろうなど。せっかくの玩具でしたが、ここまでですか」

精霊融合の触手は〈嵐王球〉を貫いて霧散させた。その反動で、僕とダルクの間で暴風が巻き起こった。

「むぐぅ⁉　私の〈嵐王球〉が⁉」

ダルクが両腕で、顔の前を覆う。その勢いのまま、触手はダルクの身体を突き飛ばした。

「あ……本当だ、行けた」

『問題ないと言ったであろう、マルクよ。魔術師や戦士としての経験は相手の方が上ではあるが、マナの出力や精霊の質では、こちらが遥《はる》かに勝っておる。力勝負となれば、まず後《おく》れを取ることはない』

ネロが得意げにそう口にする。

「……マナの出力や精霊の質では、勝っているだと？　私はかつて、王家の暗殺組織……〈神殺しの毒〉の一員でもあった男だぞ。その私が子供に劣るなど、そのような侮辱を……！」

ダルクが目を見開き、血走った目で僕を睨む。

「よ、よし、マルク君が圧倒している！　いいぞ、そのままやってくれ！　ハハハ、なんだ、思ったより大した奴じゃないじゃないか！」

「あん？」

ダルクはギルベインさんを、元の優しげな顔付きからは想像もできない、鬼の形相で睨みつけた。ギルベインさんは静かに口を閉じて、横にいた冒険者を盾にするように、そっと彼の背後へと回る。

「……柄にもなく、少々興奮してしまいました。あんな三流相手に激情を覚えてしまうなど、ふぅ」

ダルクは自身を諌《いさ》めるように、トントンと額を指先で叩く。

「認めましょう、確かに単純な力では、この私が劣っている。信じ難いことだが、それもまた事実。ですが……〈浚《さら》い風《かぜ》〉！」

ダルクを中心に魔方陣が展開される。風が彼の身体を運び、その姿を消した。

「消えた……逃げたのか⁉」

ギルベインさんが大きな声でそう口にする。

「いちいち癪《しゃく》に障る御方ですね……上ですよ」

ダルクは高い、木の枝の上に腰を掛けていた。

「ここであれば……触手は自重で、どうしたって遅くなる。加えて動きも一方向で、単調なものになる。おっと、だからって逃げようとは思わないでくださいよ、少年。あなたが逃げれば……そのときは、一人ずつ、他の人間から始末していきます」

ダルクが邪悪な笑みを浮かべる。

「決闘を申し出ておきながら、敗戦が見えれば人質だと……！　なんて卑劣な！」

ギルベインさんが、ダルクを指で差して非難する。

ダルクはギルベインさんへ視線さえ返さなかったものの、苛立ったように自身のこめかみを叩いていた。

「落ち着け……落ち着け、ダルク。あのような、三流の愚者に惑わされるな」

確かに上空に逃げられれば、触手での攻撃はどうしても単調で遅いものになる。そしてあの〈浚い風〉の魔法で枝から枝を飛び回られれば、触手ではとても捉えきれない。その間に技量で勝るダルクが魔法攻撃を放ってくれれば、かなり苦しい戦いになるだろう。

しかし、手はある。広範囲の魔法攻撃を撃ち出せば、どうしても大回りで回避せざるを得ないはずだ。ダルクの策は、僕が精霊融合でしか戦わないことを前提に成り立っている。その隙を突けるかもしれない。

僕は手許に呪印文字を浮かべた。そのとき、ダルクが微かに笑ったように見えた。

『待て……マルクよ、何かがおかしい！　この男は、そなたの魔法攻撃を目視で確認していたはず！　これは罠《わな》である！』

「〈炎球〉！」

僕はマナを注いで膨らませた〈炎球〉を、ダルク目掛けて頭上へ撃ち出した。

「フフ、やはり子供……それも素直な、とてもいい子だ。称賛するよ、少年。確かに君と正面から戦っていれば、私はここで敗れていただろう」

ダルクは指を鳴らした。彼を中心に、魔方陣が展開される。

「風魔法〈悪意の逆風〉」

風の障壁が展開され、ダルクを包み込む。

「あ、あれは……？」

風の壁が、僕の炎球を表面で受け止める。ダルクはそれを見てフッと笑い、静かに目を閉じた。

「さようなら、少年。幼く散った……英雄の卵に、手向けを」

炎球はそのまま、数秒程、風の障壁と競り合っていた。ダルクがパチリと目を開く。

「……あれ？」

ダルクの顔は、やや引き攣っていた。

「魔術式を何か間違えたのか？　いや、そんなはずが……」

『万物を返す、精霊の魔鏡……！　奴め、あんな魔法まで扱えたのか！　マルクよ、これは不味……』

そのとき、僕の放った〈炎球〉が宙で爆《は》ぜた。周辺にあった木の上部が、その爆炎に包まれて木《こ》っ端《ぱ》微《み》塵《じん》になる。

「おぶがぁあああっ！」

ダルクの悲鳴が森に響き渡った。

『不味……くはなかったか。奴のマナでは、とても受けきれなかったようであるな』

ネロが安堵したようにそう口にした。

10

「マ、マルク君が、勝ったのか……？」

ギルベインさんが恐る恐る顔を上げて、森の上空を見回す。

「ハ、ハハハ！　よくやったじゃないか、マルク君！　あんなおっかない奴を、ああもあっさりと倒してしまうなんてね！」

ギルベインさんは途端に笑顔になって、ガッツポーズまで取っていた。

「昔からあなたは、本当に調子がいい奴ね……」

ロゼッタさんは、ギルベインさんの様子を見て、呆れたようにそう呟く。

『いや……喜ぶのはまだ早いぞ。あの精霊の魔鏡で、奴はマルクの魔弾の直撃は免れたはずである。空を見よ』

ネロが顔を上げて、そう口にする。

ネロの視線の先を見上げると、傷だらけのダルクが宙に浮かんでいた。ダルクの背からは黒い翼が生え、手の先には禍々しい鉤爪が伸びている。

「まだ、生きてる……！　それに、あの姿……」

『精霊融合であろうな。契約精霊の姿を自身に重ねて融合させておるのだ。あの力があれば、ニンゲンであろうと……精霊並みの頑丈さを得ることができる。鏡で直撃を逸らし、同時に精霊融合によって身体が損壊することを免れたのだ』

「私の契約精霊……〈風禍のパズズ〉ですよ。やれやれ……本当に、驚かされました。まさか、私の反射魔法を力押しで突破するとはね。名は覚えましたよ、少年……マルク。あなたは、我らの計画の邪魔になる」

ダルクは滞空しながらそう語る。

「いずれまたお会いしましょう。次に会ったときが、あなたの最期だと……」

「〈炎球〉！」

「おわぁっ！」

僕は呪印文字を浮かべ、ダルク目掛けて炎の球を放った。

ダルクが必死の形相で、一気にがくんと高度を落として僕の〈炎球〉を回避した。

「お、おい、私がまだ、喋《しゃべ》っているのに、なんて卑劣な……！　第一、これだけの距離があって、

私にもこの翼があるのに、仮にもそんな初歩の魔法攻撃なんて当たるわけがないでしょう！」

「ネロ……今って、撃ったら駄目だったの？」

『構わん、やれ、マルク。我らを襲撃した狙いこそわからんが、どうせロクな奴ではあるまい』

「うん」

僕はネロの言葉に頷いて、再び腕を上げて呪印文字を浮かべた。

「〈炎球〉！〈炎球〉！〈炎球〉！」

僕にはこれしかできないが……ネロの領域内では、ひたすらこの魔法を練習してきたのだ。基礎のシンプルな魔法故に、連発するのもそう難しくはない。

「せ、せっかく人が、好敵手として認めてやったというのに！　クソ、これだけの威力を保って、連発できたのか！　だが、さすがにこの距離で当てられると……！」

ダルクが上昇と落下を繰り返し、ジグザグと飛行しながら僕の〈炎球〉を避けて遠ざかっていく。距離が開くにつれて、僕の魔法の精度の方は落ちていく。さすがに逃げられたかと思った、そのときだった。

「まったく、冷や冷やさせてくれま……げぶぅっ！」

ダルクが急降下の制御を誤り、その身体を木へと激しく打ち付けた。

「い、行けない、〈浚い風〉！」

風がダルクを包み込み、彼の身体を運ぼうとする。

しかしそれより早くに、僕の〈炎球〉が当たった。丁度ダルクが張り付いていた辺りに直撃して、炎の球体が爆ぜて木をへし折った。

「ぎぃやぁあああっ！」

ダルクの悲痛な叫び声が響く。

「あ、当たったみたいです！」

「マルク君……君、本当に恐ろしいね……。まぁ、もう、君が何かをやらかしてくれることにも、慣れてきたけどね、うん」

ギルベインさんが半ば呆れたようにそう口にした。

「……ゴブリンどころじゃなくなってしまったわね。ひとまず別班と合流しましょう、彼らの安否が気に掛かるわ」

ロゼッタさんの提案通り、ゴブリンの拠点の反対側に回り込んでいた、ガンドさん率いる別チームと合流することになった。

ぐるりと回り込んだ場所には、ガンドさん達が血塗れで倒れていた。ぐったりしている彼らを見て驚いたが、どうやら命に別状はないらしく、皆意識はしっかりしていた。

「お、恐ろしく強い男が現れて……儂らは、まともに戦うこともできんかった。奴は……ダルクと、そう名乗っておった。凄まじい力量の……風魔法の使い手じゃった……」

ガンドさんは、怯えた様子でそう語ってくれた。

「突然謎の爆炎がゴブリン共の拠点から上がって……それで、ダルクの気がそちらへ向いたのだ。あれがなければ、儂らは今頃……！」

「ガンド、その謎の爆炎だが……その、マルク君が放った魔法だ」

ギルベインさんが、やや気まずげにそう口にした。

「なんじゃと⁉　まだこんな幼い子が⁉」

ガンドさんは酷く驚いた様子だった。

「と、とにかく、ダルクは爆炎の方へ向かっていった……。幸いなことに、お前さんらとは入れ違ったのかもしれんな。奴は……明らかに、儂らとは格が違う……見つかって皆殺しにされる前に、都市へと戻り、奴の襲撃を知らせねば……！」

「……そのダルクも、マルク君が倒してくれた」

「ほえ……？」

ガンドさんは目を点にして僕の顔を見つめる。

「ギルベイン殿……儂をからかおうとしておるのか？　こんな状況で人が悪いぞ」

「事実だ。私は嘘《うそ》を吐くなら、私の手柄にするよ」

「その言葉には説得力があるが……。マルク、お前さん、とんでもなく強いんじゃな……」

ガンドさんはまじまじと僕を見つめながら、そう口にした。

11

ガンドさん達との再会を果たした後、僕ら一行は都市へと帰還することになった。

当初の目的であったゴブリンはさほど狩れていないが、最低限の目的である集落の解散と、拠点の破壊については充分に達成できた。ゴブリンは大規模な集団にさえならなければさほど危険な魔物ではない、という扱いになっているらしい。

しかし、全てが順調というわけではなかった。

「落下した跡はあるんだけど……見て、地面を這った後があるし、こっちは血が続いてる」

ロゼッタさんはその場に屈んで、地面の痕跡を調べていた。

「あのダルクって男……マルクの〈炎球〉で叩き落とされた後に、地面を這って逃げたみたいね。距離があったし、直撃してはいなかったみたいね。寸前であいつの魔法……〈淩い風〉で、自身を逃がすことに成功していたみたい。それでも……木に散々全身をぶつけてから、地面に叩きつけられる形になったのは間違いないでしょうけど。あいつは、生きて……逃げてるわ。あの高さから落ちて、根性で這って逃げたのは、敵ながら称賛ものね」

「すみません、僕のせいで……」

「謝ることじゃないわよ、マルク。あなたのお陰で皆助かったのよ。それに……私がガンドさん達の安否の確認を優先したから、逃げられたの。二手に分かれるべきだったわね」

ロゼッタさんは立ち上がりながら、頭を押さえた。

「あいつ……何か、意図があって私達を襲撃したみたいだった。できれば詳しい目的を吐かせたかったわね」

「ハハハ！　ロゼッタ……あの優男なら、マルク君に手も足も出ていなかったじゃないか！　逃げられたところで、恐れるような奴ではないさ」

ギルベインさんが、大きく肩を竦める。

「……あの男、王家の暗殺組織〈神殺しの毒〉の一員だったと自称していたわ。存在が実《まこと》しやかに噂《うわさ》されているけれど、誰も実態を知らない……おとぎ話のような、伝説の少数精鋭組織よ。仮にあの男の言葉が本当だったのなら、奴は王国内最高クラスの実力者で……そんな彼が加担している、大きな計画があることになるわ」

「で、でまかせに決まっているさ、ハハ、そんな奴がペラペラと身元を明かした上に、マルク君に大敗して泣きべそ搔きながら逃げていくと思うかい？」

「プライドの相当高そうな男だったじゃない。全員殺す自信があったからこそ、身元を明かしたのかもしれないわ。それに、単に古巣が知られることを恐れてはいないのかも……。実力の方も、間違いなくA級以上だったわ。マルクがいなかったら、私達全員殺されていたわよ」

「お、大袈裟で心配性な奴だ……。私は君の、そういったところが嫌いだったよ、ロゼッタ。せっかくの大勝を、どうして喜べない？　なぁ、マルク君」

「えっ、ぼ、僕ですか？」

とんでもないところから話が飛び火してきた。

「僕は……えっと、ロゼッタさんのこと、凄く好きですよ。美人で、慎重で思慮深くて……大人の女の人って感じがして、凄く憧れます」

「ありがとう、マルク」

ロゼッタさんが、勝ち誇ったような目でギルベインさんを見る。

「そ、そんな歳でおべっかを覚えたら、ロクな大人にならないぞ、マルク君、なぁ？」

ギルベインさんが僕の肩を叩き、言い聞かせるように顔を覗《のぞ》き込《こ》んできた。

「あはは……心配してくださって、ありがとうございます」

「で、随分と調子よくマルクにベタベタしてるけど……彼をE級冒険者として認めるの、認めないの？」

「……フン、確かにマルク君には助けてもらったがね、私はギルド職員として公私は混同しないよ。判断は、あくまで俯瞰《ふかん》的に下させてもらう。彼の主体性や観察力、知識力の低さは……冒険者としてやっていく上で、マイナスだろうと言わざるを得ないねぇ」

ギルベインさんは眉間に皺を寄せて、ロゼッタさんを睨んで口先を尖《とが》らせる。

「なんですって？　あなた、この期に及んで……！」

ロゼッタが剣の柄に手を触れる。

「お、抑えてください、ロゼッタさん！　僕はいいですから、僕は！」

「ただ……マルク君、君にはそれを補って余りある力と……そして、勇気と優しさがある。冒険者としてやって行く上で、それは最も評価されて然るべき点だよ。私の権限を以《もっ》て、君をE級冒険者として認めよう。ギルド全体で目を掛けるよう……ギルド長にも提言しておくよ」

「ギルベインさん……ありがとうございます！」

「フン、礼なんて不要さ。正しい等級を冒険者に与えるのは、ギルドのため……ひいては、都市のため民のため。私だって、本気でこんな手間暇掛けて、嫌がらせしてやろうなんて思うものか」

ギルベインさんはそう口にした後、ちらりとロゼッタさんの方を見た。

「懐かしい顔を見て少しからかってやろうと思ったのと……マルク君、君が才能に溺れた腑抜《ふぬ》けでないかを、直接確かめたかっただけさ。そういう人間が、一番命を落としやすいからね。ついでに冒険者の基礎を口煩く手解きしてやろうかと思っていたが、君にはそれも不要だったらしい」

「ギルベインさん……！」

ちょっと意地悪な人なのかな……と誤解していたが、そういうわけではなかったらしい。

「マルク、騙《だま》されちゃ駄目よ。こいつそんな、できた人間じゃないんだから。自分を取り繕うのが好きなだけよ」

ロゼッタさんが、呆れた表情で僕へと口にする。

「レイドって形だけど、君とも久々に冒険を共にできてよかったよ、ロゼッタ。大した戦いはしなかったけどね。僕を切り捨てて、上を目指して世界を旅することを選んだんだ。フン、半端なところでくたばらないでくれたまえよ」

ギルベインさんは、僕達を先導するために先頭に立って、前を見たまま……僕達に顔は見せずに、ロゼッタさんへとそう言った。

「……ああ、そう、そりゃどうも、ギルベイン」

ロゼッタさんはやや照れたように、気まずげに指で頬を掻きながらそう返した。

第三話　不滅の土塊

1

レイドクエストの翌日……僕とネロは、ベインブルクを観光して回っていた。

「見て、見て、ネロ、このお饅頭《まんじゅう》、凄く伸びるんだよ！」

『わ、我にも、我にも一つくれ！』

露店で購入した〈もちもち饅頭〉に、僕とネロは大燥《おおはしゃ》ぎしていた。ある稀少《きしょう》な薬草の根を混ぜているらしく、物凄く伸縮性のある饅頭なのだ。

『美味い、美味いぞ……！　現界には、これほど美味なものがあったのか……！』

この饅頭に大喜びしているネロの正体が、まさか大精霊だとは皆思わないだろう。

「ここにいたのね、マルク」

ネロと二人して饅頭を食べていると、背後から声を掛けられた。

「ロゼッタさん」

B級冒険者のロゼッタさんだった。

「僕を捜していたんですか？」

「ええ……実は、ベインブルク支部のギルド長、ラコールが急ぎであなたに会いたいそうなのよ」

「ギルド長さんが……」

断る理由もないが、いったい何の用なのだろうか。

『フン、大方、マルクの才能に目をつけて、唾を付けておこうという魂胆であろうな』

ネロは嬉《うれ》しそうに左右に尾を振りながら、そう口にした。

「それだけだといいんだけど……妙にギルド全体がピリピリしていて、急いでいたみたいなのよ」

ギルド全体がピリピリしていた……？

ダルクと名乗っていた、あの風魔法使いの男の顔が頭を過《よぎ》った。もしや、彼が何か絡んでいるのだろうか。

ロゼッタさんに連れられて、冒険者ギルドへと向かうことになった。

職員の案内を受けて、関係者用の通路を通る。

ギルド長の執務室へと通された。ギルド長は、大柄で髪の長い男の人だった。

歳は四十歳前後だろうか？　左眼のあたりに大きな傷があり、眼帯をしている。

凄い貫禄《かんろく》のある人だ。彼の前に立っているだけで重々しい圧迫感があった。この人が、ギルド長のラコールさん……。

「こ、この子が襲撃者を退けた新人……？」

「本当に子供じゃないか……とても信じられない」

「ギルベインさん、なんでもすぐに誇張するから……やっぱり……」

場に居合わせた他の職員達が、僕を見て小声で噂《うわさ》をしている。な、なんだか居心地が悪い。

ラコールさんは、値踏みするような目で僕を見る。

「おい、本当にこの小僧が、レイド中に現れた襲撃者を追い払ったのか？」

ラコールさんは、鋭い眼光で扉の方を睨《にら》みつける。視線を追えば、遅れて執務室に入ってきたギルベインさんが、びくりと肩を震わせていた。

「え、ええ、そうですとも！　他の者が手も足も出ない中、マルク君ほぼ一人で撃退しまして……！　恐ろしく強い男でしたが、あっという間に、大慌てで逃げて行きましたよ！」

「ギルド長、ギルベインが大袈裟《おおげさ》なのはいつものことです……。当てにしたのが間違いだったのでしょう」

職員の一人が、そう溜《た》め息を吐いた。

「ちっ、違う！　あの男！　間違いなくA級冒険者以上の凄腕だった！　それを難なく、あっさりとだな……！」

ギルベインさんは、身振り手振りで他の者達へと先日の状況を伝えようとする。しかし、既に誰も彼の方を見てはいなかった。

「あの、ラコールさん……僕は、何のために呼ばれたんでしょうか？」

「マルク……お前を特例で、B級冒険者へと昇格させようと考えている」

「僕をB級冒険者に⁉　せ、先日、E級冒険者として登録したばかりですよ？」

「ず、狡《ずる》いぞ、マルク君！　Ｂ級以上は、実力以上に実績や精神性が考慮される……！　私は十年近く冒険者をやって、ようやくＢ級になったのに！」

　ギルベインさんがそう声を上げたが、ラコールさんに睨まれて沈黙した。

「急ぎの事情がある。ギルドも人材不足……若い才能が眠っているのならば、強引にでも発掘して、その補佐を行っていきたい。だが、無論……無条件で、というわけにはいかない」

　ラコールさんは立ち上がると、壁に飾られていた大槍《おおやり》を手に持った。

「ギルド長が、直々に見極めを⁉　じょ、冗談でしょう」

「怪我で現役を退かれたとはいえ、ギルド長はＡ級冒険者ですよ！　勢い余って殺してしまいますよ、あんな子供！」

　他の職員達が、必死になってラコールさんを止める。ラコールさんは職員達の言葉を無視して、僕へと目を向けた。

「無論、本気でやるつもりはないが、受け方を誤れば大怪我を負うこともあるだろう。怖いか？　お前が降りるならば、この話はここまでだ。坊主、どうする？」

　ラコールさんが僕の正面へと立った。

「……やめておいた方がいいわ、マルク。等級を急いで上げる理由もないでしょう？　やっぱり今のギルド……なんだか空気が張り詰めてる。執務室にこれだけ人が集まってるのって、かなりの大事《おおごと》よ。人材不足で実験的に特例の昇格を行いたいにしても、少し引っ掛かる」

ロゼッタさんが、僕へと小声でそう話した。

「う、受けてくれよう、マルク君！　君が軽んじられたままだと、私まで大法螺吹き《おおぼらふ》になってしまう！　お願いだ、マルク君！　私のギルドでのメンツを守ってくれ！」

ギルベインさんが、僕の足へと縋《すが》り付いてきた。

「ギルベイン……あなたねぇ」

ロゼッタさんが、ギルベインさんを見下して、こめかみをぴくぴくと震えさせる。

「わかりました……ラコールさん。そのB級昇格、僕に挑ませてください」

「マルク君！　君は心の友だよ！」

ギルベインさんが顔を輝かせる。

「マルク……あなた、こんな奴のためにわざわざ身体張らなくても……！」

ロゼッタさんが、ギルベインさんを指し示す。

ギルベインさんのため……というだけではないが、ギルベインさんがこうして勧めてくれているのならば、そう悪い話ではないのだと思う。

「それに……この特例は、僕に期待して設けていただいた場なんですよね。だったら僕は、力の限りその期待に応えたいです」

僕も一歩、ラコールさんの方へと前に出た。

「なるほど、小僧……確かに覚悟と信念は一丁前らしい。そういう奴は嫌いじゃない」

ラコールさんが大槍を構える。

「次は実力の程を確かめさせてもらうぞ！」

ラコールさんが、大槍を手に向かってくる。

一歩目を踏み込んだ床が、靴の形に窪《くぼ》んでいた。本当に手加減してくれるんだろうか……？

「こ、殺すつもりじゃありませんよね、ギルド長？」

見ていた職員が不安そうに口にした。

「小僧……俺はA級冒険者の中でも、単純な剛力ではトップクラスだった。さぁ、どう捌《さば》いてみせる？」

「精霊融合！」

袖からネロの触手を出して、自身の前面へと展開した。ラコールさんは、やや失望したように息を吐き出した。

「正面から受けるなと……そう忠告してやったつもりだったのだがな。やはり見込み違いだったか。ハァアッ！」

ラコールさんは大槍を引き、真っ直ぐに突き出した。触手で大槍の先端を搦《から》め捕り、そのまま受け止めた。

「と……！」

少し押されたものの、大槍の勢いは無事に止まった。

「な、なんだと……？　避けるでもなく、正面から……俺の大槍を受け止めた……？」

ラコールさんが、驚いたように目を見張った。その後、ラコールさんが大槍を引き抜こうとしたため、触手でがっしりと押さえる。

「あの子……ラコールさんの一撃を受け止めたばかりか、互角以上に槍を引き合っているぞ！」

「ほ……本物だったんだ！」

職員達が、僕とラコールさんの様子を見てどよめいていた。

「フン、だから私の言った通りだったろうに。マルク君には、この街の上位冒険者が束になっても敵わないよ」

……なぜかギルベインさんが、肩を大袈裟に竦《すく》めて、他の職員へと偉そうにしていた。

しかし、これで力を示せたんじゃないだろうかと思ったのだが、ラコールさんは一向に力試しの終わりを宣言しなかった。

「ギルド長、ここまででよろしいのでは？　彼の力は、明らかに我々の想定以上です！」

職員の一人が、ラコールさんへとそう尋ねた。

「……いや、まだだ。一撃凌《しの》げればそこで終了とするつもりだったが……こうなった以上、小僧の底を確かめておきたい。それに、俺も引退したとはいえ戦士……こうも見せつけられては、火が付いてしまってな……！」

ラコールさんが僕を見ながら、不敵な笑みを浮かべる。

まだ駄目なのか……？

形式が模擬戦闘であるから、一応の決着が付いたといえる切っ掛けのようなものがなければ、終われないのかもしれない。

かといって……精霊融合の触手は、まだあまり制御できる自信がない。下手に攻撃すれば、それこそ大怪我を負わせてしまいそうだ。何か、丁度いい攻撃を当てなければならない。

「雷魔法〈雷纏装《らいてんそう》〉！」

大槍が黄色い輝きを纏《まと》い、触手を押し退けた。

ラコールさんはそれに合わせて身体を半回転させ、触手から大槍を引き抜いた。そのまま背後へと跳んで間合いを取る。

「あっ！」

「ここからは半ば俺の我《わ》が儘《まま》だが……付き合ってもらうぞ、小僧！」

ラコールさんは口を大きく開けて笑っていた。

雷を纏ったままの大槍を舞うように振り回してから構え直す。天井や壁に雷が走り、壁がごっそりと抉《えぐ》れる。

「駄目だラコールさん、完全に冒険者時代のスイッチが入ってるぞ！　止めないと……！」

「今間に入ったら殺されるぞ！」

職員達が、おっかないことを口走っていた。

ラコールさんの最初の印象だった『寡黙で厳格そうな怖い人』というイメージが崩れて、『戦闘狂の怖い人』へと変化した。

真っ直ぐ走ってきたラコールさんが、素早く横へと跳んで、壁を蹴ってジグザグに僕へと向かってきた。

触手を壁のように展開し、ラコールさんを受け止める。そのまま触手で捕らえようとしたが、ラコールさんは素早く触手を蹴ってまた後方へと跳んだ。着地した際に、床の木材が勢いで派手に割れていた。

「〈雷纏装《らいてんそう》〉の一撃でもどうにもならないとは！」

ラコールさんが嬉しそうに笑う。

こ、このまま戦ってたら、ギルドが滅茶苦茶になる……！

触手の力は充分だけど、僕自身が未熟過ぎて捕らえられない。ラコールさんの動きに僕の目はまるで追い付いていない。

僕本体の移動速度は触手やラコールさんのように速く動くこともできないため、どうしても触手で防ぐ以外の戦い方ができない。力押しすればどうにかなりそうだけど……多分それをしてしまったら、ほぼ間違いなくラコールさんの身体を押し潰すことになる。

「そうだ……！」

「これほど楽しいのは久々だ！　感謝するぞマルク！」

またラコールさんが突進してくる。僕は触手で床を叩《たた》き、床の木材の破片や粉を宙へ飛ばした。

「ぐ、目眩《めくら》まし……！」

ラコールさんは速度を落とし、手で顔を庇《かば》った。

ラコールさんは眼帯を当てており隻眼だ。片目を瞑《つぶ》れば視界は闇に閉ざされる。目眩ましは充分に機能してくれた。

「小僧が、消えた……？」

彼の視界が潰れたその一瞬の内に、僕は触手を床へと叩きつけた反動で宙へと跳んでいた。

僕は触手ほど速く移動できない。だけど、僕を触手で速く移動させることはできる。

「〈炎球〉」

僕は手のひらに、小さな炎球を浮かべる。

よし、上手く制御できた……。

僕はほっと息を吐く。これで制御できずに、いつもの巨大炎球になったらどうしようかと思っていた。

「えいっ！」

宙より、軽く炎の球をラコールさんへと放った。

「上から……!?」

ラコールさんの肩に、炎の球が当たった。

小さな炎は、衣服を焦がすこともなく消えていった。ラコールさんは呆気《あっけ》に取られたように自分の肩を見つめていたが、やがて深く息を吐き、構えていた大槍を下ろした。

「なるほど、これは俺の負けだ。言い訳もできない。ここまで付き合わせて……認めないわけにはいかないな、マルク。お前は今から、俺の権限で……特例としてB級冒険者へ昇格だ」

ラコールさんは、ニッと優しげに笑って僕へとそう告げた。戦いを見守っていた職員達から歓声が上がった。

2

「あ、あの子、認めさせるどころか、ギルド長相手に勝ってしまったぞ！」

「あの若さで……これは本当にとんでもないことだぞ」

ギルド職員達が騒《ざわ》めく中、ギルベインさんは取って付けたような澄まし顔を浮かべていた。

「やれやれ、だから私は最初からそう言っていたのに。ここまでやるまで信じていただけないなんて、ギルド長もお人が悪いですよ」

「なんであなたが得意げなのよ……」

ロゼッタさんが、呆《あき》れたように額を押さえていた。

『よくやったぞ、マルクよ！　まさか触手を移動に用いるとはな。我も思いつきもせんかったぞ！』

ネロが僕の足許へと寄ってくる。千切れんばかりに尾を振っていた。

「……俺が向かうべきじゃないかと悩んでいたのだが、これだけの実力があれば迷いなくお前に任せられるな」

ギルド長のラコールさんは、大槍を壁へと掛けると、僕の許へと歩いてきた。

「任せられる……何の話ですか？」

「マルク、突然で申し訳ないが、任せたい依頼がある。実は昨晩、このベインブルクの領主であるタルナート侯爵家の御令嬢が誘拐された」

「き、貴族の誘拐ですか⁉」

それを聞いて驚いた。

周囲の職員達は悲痛な表情こそ浮かべているが、驚いている様子はない。僕以外に慌てているのはロゼッタさんだけだった。

「ど、どういうこと⁉　そんな一大事が起きていたなんて……ギルベイン、あなたも知っていたの⁉」

「ああ、今朝聞かされたよ。一応私は、それなりにギルドでは信用を得ているからね」

ギルベインさんが頷《うなず》く。

「居合わせた私兵の話では……下手人は、斬られても魔法を撃ち込まれても、全く応えていなかったそうだ。人外の域の巨漢であり、腕が落ちても、頭が砕けても笑っていた……と。そして、不死身の身体と剛力で私兵達を薙《な》ぎ倒《たお》し、御令嬢を攫《さら》って窓から逃げたそうだ。まるでお伽話《とぎばなし》の化け物だよ」

ラコールさんが話を続ける。

「侯爵様の私兵の多くが、盗賊狩りの遠征で出払っている間に、冒険者狩りに令嬢の誘拐……。一連の事件は背後で繋《つな》がっているとギルドでは踏んでいる。奴の拠点こそ見当がついているものの、生半可な戦力では返り討ちに遭い……逃げられて、今度こそ行方が追えなくなってしまう。俺が向かう予定だったが……侯爵様は、ギルド長を不在にして、冒険者ギルドの機能を麻痺《まひ》させる狙いかもしれないと警戒なされている。侯爵様はこの都市のため、最悪の場合は御令嬢の救出を諦めるつもりでおられる」

「そんなキナ臭いことになっていたなんて……」

ロゼッタさんが苦い表情を浮かべる。

「マルク、都市ベインブルクを守るため……そしてタルナート侯爵家の御令嬢を救出するために、力を貸してもらいたい。子供相手に卑怯《ひきょう》な言い方なのはわかった上で言わせてもらうが……恐らくこのベインブルクの中に、この依頼を熟《こな》せる冒険者はお前以外にいない」

特例のB級昇格試験……というのは、僕の力を見るための口実だったらしい。

……怖くはあった。もしラコールさんの言う通り、ダルクと不死身の巨人が手を組んでいるとすれば、連中は大都市を相手取って何かを仕掛けようとしているのだ。

それに彼らが組んでいるとすれば、ダルクを取り逃がしてしまった僕は、既にこの騒動に大きく関与してしまっているといえる。話の流れから察するに……僕が受けなければ、誘拐された令嬢の奪還も絶望的になる。

「わかりました、ラコールさん。その依頼……僕にやらせてください」

「よくぞ受けてくれた、マルク。大男の隠れ家の情報については、今他の冒険者に調査や情報の裏付けを行ってもらっている。お前にはここで待機してもらい……報告が上がり次第、奴の許へ向かってもらう」

「マルクが向かうなら、私も同行させてもらうわ」

ロゼッタさんはそう口にして、ジロリと催促するようにギルベインさんの方を向いた。

ギルベインさんは視線を受けて、頼りなさそうにびくりと肩を跳ね上げさせ、そっと彼女から視線を逸らす。

「ロゼッタさんが来てくださるなら、心強いです……」

しかし、ラコールさんは首を横へ振った。

「不死身男の襲撃で重傷を負った私兵には、B級冒険者相応の者もいたという。戦闘自体が非推奨……少人数の方が適している。それにB級冒険者程度では、今回の依頼では足手纏《あしでまと》いになる。実際、お前は、ダルクとやらの襲撃に対して何かできたのか？」

ラコールさんの言葉に、ロゼッタさんが唇を噛《か》んだ。

「そ、そうですか、はは、残念だなぁ。私もマルク君のアニキ分のB級冒険者として、力を貸してあげたかったのだけれど」

ギルベインさんが声高にそう主張し、ロゼッタさんに睨みつけられていた。

「僕としては、冒険者としての経験が長く、判断力のある御二方がいてくれると心強かったのですが……」

僕が不安げに肩を窄《すぼ》めると、ギルベインさんがぽりぽりと頭を掻《か》く。

「……やめてくれたまえ、マルク君。その……そういう純粋な反応をされると、罪悪感が出てくる」

「では、頼んだぞマルク。敵との接触は避けるのがベストだ。不死の巨人の手から、タルナート侯爵家の御令嬢を救出してくれ」

3　——ティアナ——

都市ベインブルクの西部の廃村にある、廃教会堂の地下にて。一人の少女が牢《ろう》の中に囚われていた。

絹のような滑らかな金の髪をしており、長い睫毛《まつげ》が彼女の宝石のような瞳をより強調していた。

　彼女は誘拐されたタルナート侯爵家の子女、ティアナ・タルナートであった。気品ある美しい顔立ちをしていたが、その顔からは表情が欠けていた。

　こんな恐ろしい状況にあっても、ただ自身の運命を受け入れているかのように、無表情でぼうっと壁を眺めていた。

「噂には聞いていたけれど、こんな目に遭っても取り乱した様子一つ見せないとはね。さすが〈人形姫ティアナ〉様だ」

　牢の前に、エメラルド色の髪をした、羽根帽子を被る美青年が姿を現す。彼は〈静寂の風ダルク〉の二つ名を持つ、元王家の暗殺者だった魔術師である。

「この王国では、大きな力を持った者ほどババを引かされる……。あなたのこれまでの人生、お察しいたしますよ、人形姫。あなたは不幸なことに侯爵夫人達の中で最も位の低い女から生まれ……更に不幸なことに、最も高いマナの素質を有していた。散々政略に巻き込まれ、利用され、振り回され……こうして我々に誘拐され、しかし実の父親からは見捨てられようとしている」

　ダルクは牢に手を触れる。

「フフ、しかし、この王国ではありふれた不幸だ。王家の争いはもっと血《ち》腥《なまぐさ》いものですよ、人形姫。だから私は、彼らの暗殺部隊を抜けた。私達に従いなさい。あなたは王国に尽くす義理など何もないはずだ。身勝手に利用され……操り人形として生かされてきたのは、今日でお終《しま》いにしませんか？」

ダルクの言葉に、これまで無表情に壁を眺めていただけのティアナが、初めてダルクの方を向いた。彼女のようやく見せた反応に、ダルクは口許を隠して微かに笑う。

「私の仲間達は、あなたを侯爵への牽制《けんせい》に使い、最後は精霊への贄《にえ》にしてしまえばいいと言っている。しかし、我らの目的は、この歪《いびつ》な王国の支配からの救済と解放にある。同じくこの王国に苦しめられてきた者を、使い潰して犠牲にするというのは、我らの組織と……そして、私個人の主義に反するところだ。私が守ってあげますよ、人形姫。さぁ、この手を取ってください。そうしていただければ、あなたは囚われの哀れな姫様でなく……私達の同朋ですよ」

ダルクは牢の隙間から、手を差し伸べる。ティアナはじっとダルクの手を見ていたが、鼻で笑って目を逸らした。

「お父様の人形の次は、あなた達の道具になれって言うの？」

ティアナの言葉に、ダルクは唇を噛んだ。

「……わからないお人だ。私は命を助けて差し上げようと、そう提案しているというのに。あなたは、この〈静寂の風ダルク〉と……そして、あなたを誘拐した〈不滅の土塊ゼータ〉が見張ることになっている。まさかここまで助けが来るなんて、思ってはいないでしょうねえ？」

「思っていない。ようやく終われるのなら……それでも構わない。私は、もう疲れた」

先ほど同様、淡々とした声音で、ティアナはそう口にした。

「人形姫……まさかここまでだとは」

ダルクは苛立ったようにそう吐き捨てる。

「だから言っただろ？　ダルク、その娘に懐柔なんて無駄だってな。難しいこと考えずに、贄として捧《ささ》げちまえばいいんだよ」

ダルクの背後より、笑い声と共に一人の男が現れる。ティアナと同じ金の髪をしており、もみあげの繋がった、ごわごわとした顎鬚《あごひげ》を有する、壮年の男だった。

「……トーマス、何故あなたがこちらに？　ここの担当ではないでしょうに」

「つれないねぇ、ダルク君。従妹《いとこ》の顔を見にきちゃいかんのか？　なに、挨拶が済めばすぐに立ち去るさ」

トーマスは楽しげに笑う。彼の顔を見たティアナは驚いたように目を丸くしたが、すぐに顔を伏せて、息を吐いた。

「そういうことだったの」

トーマスは元々、タルナート侯爵家の人間であった。トーマスの父は現当主の弟であり、二十年前に激しい家督争いの末に処刑されることになったのだ。当時、まだ幼い子供であったトーマスは温情によって命を見逃され、領地外への追放処分となっていた。

トーマスは不気味な笑みを浮かべながら鉄格子を握りしめ、檻《おり》へと顔を近づける。

「ティアナ嬢、俺様はぶっ殺された親父の正当性を主張し……こいつら闇組織の手を借りて、現当主へ刃を向けることにしたんだよ！　はっはっ！　使えるものはなんでも使わないとな！　貴い血を引くこの俺様が、平民共と同じ暮らしをするなど馬鹿げている！　そうだろう！　俺様は貴族の当主様になれる、こいつらは大きな支援者を確保できる。持ちつ持たれつって奴さ」

「そんな横暴が罷《まか》り通《とお》ったら、この王国は滅茶苦茶になる」

「彼ら……武装組織〈真理の番人〉は、この王国を滅茶苦茶にしたいのさ。俺様の血筋は本物……二十年前の真実など、生き残ったのが俺様だけになればいくらでも改竄《かいざん》できる。王家がいくら怪しもうと、貴族のお家騒動に首を突っ込むのは大事《おおごと》になる。表立って俺様を処分するには長い時間を要し……同時に、国に大きな混乱を齎《もたら》す。俺様の目的は、最終的にはこいつらと共に国をひっくり返して、全部を手に入れることなんだよ！　ハハハハハ！」

　トーマスはそこまで言うと、身体を翻してティアナへと背を向けた。

「タルナート侯爵家の本家の人間は全員嫌いだったが、牢の中とはいいざまだ！　なに、じきに貴様の親兄弟も、全員そちらに送ってやるぞ！　なんと清々しい気分か！　ダルク、その小娘は適当に処分しておけよ！　未来の王からの勅命なり！」

　トーマスは大口を開けて、高らかに笑いながら廃教会堂の地下を後にした。

「王国の歪な支配からの救済……でしたか？　大層な理想を口になされていましたが、建前を掲げて権力を握るのが目的だったようですね」

「……大事の前の小事ですよ。我々が力を得るためには、あのような下品な男の手を取らねばならないこともある。ご理解いただけなかったようで残念です、人形姫」

ティアナの懐柔は不可能だと見たダルクは、そう言ってから口を閉ざした。

大貴族の人間は良質なマナを有する。中でもティアナは、生まれつきマナの保有量が多く、百年に一度の才人だとされていた。ただの高いマナを持つ生贄《いけにえ》として扱うよりも、従順にしておいた方が何かと使い道が多かったのだ。

ただ、ダルクはティアナの様子から、それは不可能だと判断していた。

ティアナがダルクの正義を信じていないのは些事《さじ》である。しかし、ティアナの無感動っぷりでは、何を言おうと彼女の琴線に触れて、心を掴《つか》むことはどう足掻《あが》いてもできない。

4 ——ダルク——

ダルクは隠れ家にしている廃教会堂にて、仲間の一人である〈不滅の土塊ゼータ〉と顔を合わせていた。

ゼータは二メートル半はある、禿《は》げ頭《あたま》の巨漢であった。虚ろな双眸《そうぼう》がダルクを見下ろす。

「都市一つ乗っ取るのに何を悠長な計画をと思っていたが……我ら〈真理の番人〉の中に、たかだか冒険者に敗れるような弱者が交じっていたのならば納得だな。よくぞ逃げ出して、おめおめと我らの仲間面できたものだ」

「……冒険者の中に、イレギュラーが交じっていたのです。あの少年は、このまま行けば我らの計画の大きな邪魔になりかねない……あなたも警戒しておくべきですよ」

ダルクの忠告を、ゼータは鼻で笑う。

「我、不死……不滅……故に不敗！　如何《いか》なる相手であったとしても、このゼータが後れを取るわけがない。貴様のような、器用さだけが売りの凡夫と一緒にしてくれるなよ」

「……頑丈さだけが売りの肉達磨では、あの少年を倒すことはできませんよ」

ダルクの言葉に、ゼータの表情が険しくなった。殺気を放ちながら巨大な握り拳を作る。

「自身の失態を誤魔化すために、相手を称賛するとはな。腑抜《ふぬ》けた弱者め。我らの思想を忘れたか、ダルク。弱者淘汰《とうた》……人類の選別！　我々〈真理の番人〉が、蟻共《ありども》に穢《けが》されたこの世界を、あるべき形へ戻す。故に我らの中に、虫ケラが交じっていてはならんのだ！」

ゼータはそう口にするなり、拳をダルクへと振り下ろした。

拳はダルクのすぐ横の、廃教会堂の壁へと突き刺さった。一面に罅《ひび》が走り、教会全体が大きく揺れる。

「興奮して教会を壊さないでください。あなたは大丈夫でしょうが、地下の姫君が圧死しますよ」

「本気でやっていれば、とうにそうなっておるわ！　ダルク……次に敗走するようなことがあれば、主《あるじ》が許そうとも、我が貴様を殺す！　覚えておけ！」

ダルクも額に皺《しわ》を寄せ、ゼータを睨み返す。

「……私の覚悟も知らずに、よくもまあ軽々しくそんなことを口にしてくれるものです。私はこの命、既に〈真理の番人〉に捧げた身……。私が恐れるのは、私自身の終わりではなく、私の理想の終わり――組織に殉ずる覚悟などできている。仮に次の敗北があれば……そのときは、あなたの手を煩わせずとも、自ら命を絶ってやりますよ」

――彼らが睨み合っている同時刻、この都市ベインブルクの西部にある廃村へと、少年マルクが向かっているところであった。

5

ギルド長のラコールさんから指示を受けて、侯爵家の令嬢救出のために、僕とネロは廃村を訪れていた。調査に向かった冒険者の報告では、巨人はこの村に令嬢を幽閉している可能性が高いとのことだったそうだ。

崩れた家屋は植物に侵食されつつある。魔物災害で村に住んでいた人が都市へと移住したのがもう数十年前になると、ラコールさんはそう言っていた。

『気を付けよ、マルク。もしもギルド長の推測通り、以前のレイドで出くわした男……ダルクの仲間だとすれば……！』

ネロがピンと、警戒したように尾を伸ばす。

「だとしたら？」

『……まぁ、あの程度であればマルクであれば大丈夫か。かといって、不意打ちを受ければ危険である。充分に警戒しておくのだぞ』

ネロはすっと、いつも通りに尾を垂らした。

「捕まっているティアナ様は、僕と同じくらいの歳なんだって。仲良くなれるかな？」

『あ、あまり気は抜かん方がいいぞ？』

ふと、ネロが動きを止めて、周囲を見回し始めた。

「どうしたの、ネロ？」

『周囲にマナが漂っておる……それに、精霊の匂いがする。ここが当たりであったようだな、来るぞ！』

ネロが口にしたのと同時に、目前の地面が罅割れ、大柄の男が飛び出した。

「土魔法〈土潜怪蟲《かいちゅう》〉！」

周囲に土埃が舞うのを、僕は精霊融合の触手で顔を守った。大男が地面へと着地し、口許に薄い笑みを浮かべる。

「冒険者の群れでもやってきたのかと思ったがガキ一匹とはな。たまたま紛れ込んだか？　クク、だとしてもこの場に現れたとなれば、生きて帰すわけにはいかんな」

大男が僕へと、巨大な腕を向ける。

圧倒的な巨体に、不気味な白眼、やや角張った身体。皮膚は土に似た色をしていた。

ひと目見て理解した。この男が、侯爵令嬢を誘拐した、不死の巨人なのだ。

僕はぐっと腕を構えた。

さっと、その場に一陣の風が吹き荒れた。土煙を上げる風に紛れ、僕の背後に一人の男が現れる。

『二対一……挟み撃ちにされたか！』

ネロがそう口にする。

「ギルド長辺りを出してくるかと思いましたが、こんな子供を送り込んでくるとは。フフ、ギルドも随分と人材不足だと窺《うかが》え……」

「あっ……前の、風の人！」

「げぇっ⁉　あなた、前の……！」

現れた男は、レイドを襲撃した〈静寂の風ダルク〉だった。前回は逃げられたが、今回こそ捕まえてみせる……！

ダルクは僕の姿を二度見すると、口許を大きく歪《ゆが》めた。

「おい、どうしたのだダルクよ。随分と顔色が悪いが」

大男がダルクへと問う。

「……ゼータ、同じ相手なので、これはノーカンです」

ダルクは大男へとそう返す。どうやら大男の名前はゼータというらしい。

「おい、何を……」

「〈浚《さら》い風《かぜ》〉！」

ダルクを中心に魔方陣が展開された。さっと風が吹き荒れて、ダルクの姿が消え失せた。

しばらく状況が理解できず、沈黙が続いた。ゼータも呆然《ぼうぜん》とその場に立ち竦んでいた。

「あれ、あの人は……」

『マルクを見て逃げたようだな』

僕の言葉に、ネロがそう答える。

「貴様、逃げたのか⁉　嘘《うそ》であろう、さっきの今で⁉　我ら〈真理の番人〉の恥晒《はじさら》しめが！　今すぐ自刎《じふん》しろ！　自分の言葉さえ守れんのか！　貴様のような虫ケラ、やはり我らの同朋には不要！　次に会ったとき、必ず我が貴様を殺してやるぞ、ダルク！」

ゼータが大きな足で地面を踏み、そう怒号を上げた。それだけで周囲一帯が大きく揺れた。

ゼータが巨大な拳で地面を殴った。蜘蛛《くも》の巣のような亀裂が一面に走っていた。

ゼータが顔を上げて、僕を睨みつける。

「くだらぬ仕事が一つ増えたようだ……。ガキ、とっとと貴様を殺し、あの腑抜け者のダルクを我が手で抹殺せねばならん」

「タルナート侯爵家の令嬢を攫ったのは、あなたですね。彼女はどこにいるんですか？」

「ほう、まさか、本当にこんなガキが、娘の救出のための兵だったとはな。侯爵は戦力を分散するよりも、娘を見捨てる方を選んだらしい。賢明だな」

ゼータが僕を見て、鼻で笑う。

「答えるつもりはないんですね」

「答えてどうする？　聞いたところで無駄なことよ。貴様如きが、この我を倒せるとでもか！」

ゼータはそう口にするなり、僕の方へと摑み掛かってきた。

『素早さはなさそうであるな。マルクよ、このデカブツを魔法でふっ飛ばしてやれ！』

「う、うん！」

ネロの指示通り、僕は炎の呪印文字を浮かべた。

確かにダルクのような素早さはなさそうだ。それに身体が大きい分、魔法攻撃を避けにくいはずだ。

僕程度の魔法であっても充分当てることができる。

「〈炎球〉！」

僕は林檎《りんご》くらいの大きさの炎の球を展開し、ゼータへと一直線に放った。

ゼータの左肩に命中し……奴の身体に、罅《ひび》が入った。

「基礎魔法など避けるまでもないと思ったが……ほう、我の身体に傷を付けるとは。ここに送り込まれてきただけのことはあるらしい」

「当たった……けど、身体に、罅……？」

『この風貌……気配……そして、あの亀裂。マルクよ、こやつ……精霊融合を、鎧《よろい》のように纏って
おるらしい』

　ネロがそう口にした。

「精霊融合を鎧のように？」

『珍しい形態ではあるが、あり得ん話ではない。ただ自身の身体の周囲に精霊を展開しておるだけ
であるからな』

　巨体の怪人の正体は精霊融合だった。どうやらあの身体は、ただの鎧のようなものでしかないら
しい。あの中に本体が入っているようだ。

「ほう、間抜け面のガキだが、精霊の方は聡明《そうめい》らしい。この身体が精霊融合によるものであると、
一目で見抜いたとはな。ただの犬っころではないようだ」

　ゼータが興味深そうにそう言った。

「えへへ……ネロ、褒められてるよ。ネロは長生きで、すっごい物知りだもんね」

『間抜け面だと⁉　このデカブツ、我のマルクを愚弄しおったのか！　ただではおかんぞ、土達
磨！』

　僕はネロが称賛されたことに喜んでいたのだが、ネロは気を悪くしたようで、ゼータを睨みつけ
て吠《ほ》えていた。

「ふざけた奴らめ……だが、その余裕もこれまでよ」

ゼータの左肩が輝きを帯びる。かと思えば、左肩の亀裂が一瞬の内に完治した。

「我の契約精霊……〈回帰の土人形アドニス〉の力だ！　如何なる損壊も、この土の身体は一瞬の内に再生する！　無限の再生！　我は戦いの中で死ぬことがない！　この我が〈不滅の土塊ゼータ〉と恐れられる所以よ！」

「無限再生……！　そんなの、勝ち目がない」

僕は息を呑《の》んだ。

『……マルクよ、さっきの〈炎球〉、かなり加減して放ったであろう？』

「え、う、うん」

本気で〈炎球〉を撃てば、相手を殺してしまいかねない。それに、あの大きさでも当たれば充分勝敗を決するだけの威力があるため、あれ以上は過剰であると判断したのだ。しかし、ゼータがあそこまで頑丈だとは思ってもいなかった。

『本気でやっていいぞ』

「で、でも、不滅だって……無限再生だって！　下手にマナを吐き出していたら、僕のマナの限界が……！」

本気で〈炎球〉を放っていたら、数発でバテてしまう。再生する相手に無計画に放つのは悪手であるように思えた。

『いや、問題あるまい』

ネロはあっさりとそう返す。

僕は不安を覚えながらも、再び炎の呪印文字を浮かべる。僕はマナを注ぎ続け、炎球を膨らませ続ける。

「万策尽きて自棄になったか！　そのような魔法、いくらくらおうとも無駄……」

ゼータは嘲笑っていたが、炎球が五メートル近くになったところで言葉を途切れさせた。

「な、なんだあの、馬鹿げた大きさは……⁉　ま、待て、一度止めろ！　そんな魔法、想定していないぞ⁉」

「〈炎球〉！」

炎球が、地面を削り飛ばしながらゼータへと迫っていく。

「い、今からでは避けきれん……ならば、防ぐまでよ！」

ゼータが魔方陣を展開する。

「土魔法〈バベルの城壁〉！」

ゼータが両腕を地面につく。分厚い土の壁が、彼の前へと迫り上がった。

「無限再生があるのに、防御を……？」

『一撃で吹き飛ばされれば元も子もあるまい』

僕の疑問に、ネロが呆れたようにそう返す。

「好きにほざいておれ！　わ、我はアドニスの再生力と、土魔法の防壁によって不滅を誇ってお……」

土魔法の城壁に、僕の炎の球が当たった。壁が球状に抉《えぐ》れ、その周囲に細かい亀裂が走り、一瞬にして崩れ去った。

「げぶぅっ⁉」

炎の球が爆ぜて、ゼータが吹き飛ばされて、地面へとその巨躯《きょく》を打ち付ける。土の腕や足が取れて、バラバラになっていた。大きく開いた亀裂の奥に、微かに人影が見えた。

「こ、こんな、ことが……！　この我が……不滅の土塊……ゼータが、敗れるなど……」

ゼータが苦しげな呻《うめ》き声を上げる。

『後は触手で捕縛するだけであるな。単純なパワータイプの分、ダルクよりもむしろ楽であったか』

ネロが安堵《あんど》したようにそう口にする。

「我が、ダルクより弱いだと……？　そうか、貴様が奴の口にしていた『謎の少年』だったか。確かにこれだけのマナ……奴が尻尾を巻いて逃げ出したわけだ」

ゼータの巨軀を光が纏う。

四肢がバラバラになっていた身体が即座に再生していく。

「確かに貴様は強い……だが、我は敗れん！　我は、もう弱者の側には回らんと誓ったのだ！　あの御方より授けられた、不滅の精霊アドニスの力……この程度で破れるとは思うなよ！」

ゼータが起き上がり、僕を睨みつけた。

「我は〈不滅の土塊ゼータ〉！　不滅……故に不死、故に不敗！　我らの理想の国のため……マルク、貴様を排除する！」

「まだ戦えるのか！」

身体が吹き飛んだ際に、素早く追撃を放つべきだった。

全力の〈炎球〉は、そう何発も撃つことはできない。三発も撃てば、僕のマナは空っぽになってしまう。

「土魔法〈神魔巨像〉！」

大きな魔方陣が展開される。周囲の土がゼータを覆い尽くしていき、あっという間に十メートル以上はある巨体へと変化した。

「よもやこんなところで全力を出すことになるとはな……。しかし、これで先程の〈炎球〉程度……何発でも受け止めてやれるぞ！」

「な、なんだこの大きさ……」

「これだけのマナを使えば、この先の使命遂行に支障が出るだろう……。しかし、我は〈真理の番人〉のため、貴様の排除を優先すべきだと判断した！　光栄に思うがよい！」

巨大な土塊の手が僕へと迫ってくる。

僕は触手で地面を叩き、その反動で跳んで巨人の手から脱した。僕の着地点へと、素早く逆の手の拳が飛んでくる。触手で受け止め、その衝撃で背後へと跳んだ。

「辛うじてやり過ごせているけど、どうしよう……。あれだけ大きかったら、僕の〈炎球〉じゃ削りきれない！」

僕の横へとネロが着地した。

『あの巨軀はただのハリボテである！　重量が増した分、破壊力こそ上がっているように見えるが……その実、力が大きく増したわけではないはずだ！　……だが、こちらの力で仕留めきれんのは厄介であるな。癪《しゃく》ではあるが、誘拐された令嬢の確保を優先するべきか』

そうだ……元々ギルド長は、戦闘は行うべきではない、避けられるなら避けた方がいいと言っていた。

重量が上がった分、ゼータは遅くなっている。逃げながら侯爵令嬢を捜した方がいいのかもしれない。

迫ってくる巨腕。僕は触手を横薙《よこな》ぎにしてぶつける。だが、相手の膂力《りょりょく》を受けきれず、吹き飛ばされた……。

「ぐっ……！」

家屋に叩きつけられそうになったのを、触手を丸めて身体を庇う。そのまま受け身を取り、上手く一連の動作で起き上がることができた。

『す、少し危なかったぞ、マルクよ！　触手で受け身を取ったのはよかったが……危うく叩きつけられるところであった。ここまで頑丈な相手に、長々と戦うのは危険である』

僕はゼータへと顔を上げる。奴の巨腕は触手鞭《むち》を受けて指が削げ落ちていたが、光が灯ると一瞬の内に再生していった。

「思ったより、柔らかい……？」

そうだ……ネロも重量が増して破壊力が上がったが、根本的な力はさほど変わっていないと評価していた。

頑丈さも同じだ。鎧が分厚くこそなったものの、全体的な硬度は落ちているようだ。ネロが口にしていた通り、あの巨体はハリボテの盾でしかないのだ。

「だったら、やりようがあるはず……！」

「逃げ回ろうと無駄なことだ！　アドニスの精霊鎧を破ることなど、絶対にできはせん！」

ゼータがまた巨腕を向けてくる。

僕は触手で地面を叩いて、自身の身体を高く跳ね上げた。ゼータは僕を捕らえようとしたが、手の動きは間に合わなかった。やはりあの大きすぎる身体を自在に動かすだけの膂力が根本的にないらしい。

「チィッ！」

一瞬、ゼータは僕を見失った。

……ウィル・セルフォルト
『境界祭《テルミナリア》編』フィナーレ！
&新章突入!!
卒業を迎えた学院生達
単位が足りないウィルは──
コルドロンの遊《あそ》びも
もう終《お》わりだ
最新第8巻 絶賛発売中!!

『ダンまち』大森藤ノが贈る
もう一つのダンジョンファンタジー
最新刊!!
杖と剣のウィストリア
Wistoria's Wand and Sword
原作／大森藤ノ　作画／青井　聖
KODANSHA

僕はその間に、空中で炎の呪印文字を浮かべていた。マナを注ぎ、〈炎球〉を膨らませていく。

『いかん……無闇に大技を放てば、マナが底を尽きるぞ！』

ネロが僕へと忠告を出す。

〈炎球〉は一発でいい。僕が狙うのは、ゼータの片足だった。

「くらえっ！」

宙からの一撃。

爆炎がゼータの左足を吹き飛ばした。

「ぐっ、無駄なことを……！」

体勢を崩したゼータが、その場に転倒する。派手に身体を打ち付け、身体中に罅が入っていた。

僕は触手で受け身を取り、体勢を整える。

『なるほど、奴は重量が増したが、脆《もろ》くなっている。自重による衝撃には耐えきれない。転倒に弱いと踏んだのだな』

ネロが感心したように口にした。

「小癪な……だがこの程度、すぐに再生してくれるわ！」

僕はゼータの残った右足を、触手で搦《から》め捕ってがっしりと摑んだ。

「貴様、何を……！」

「持ち上がれぇっ！」

僕は触手で引っ張り上げて、ゼータの身体を地面へと叩きつけた。

かなり重たかったが、どうにか成功してよかった。

「ごぼぉっ！」

激しく身体を打ち付けたゼータの身体はボロボロと崩れ、削れていく。

自身の重量の生み出す落下衝撃に、まるで身体が耐えられていない。特に、巨体の下敷きになった右腕は粉々になっていた。

「これでは、再生が追いつかなっ……！」

「もう一撃っ！」

身体が削れた分、容易に持ち上がった。逆側へ叩きつけ、より身軽になったゼータを更に逆側へと叩きつける。

だが、四撃目は、左手で受け身を取られた。左腕が輝いており……どうやら、衝撃を受ける前から再生を始めていたようだ。

「舐《な》めてくれるなよ……我に、敗北は許されておらんのだ！」

ゼータが僕を睨みつける。しかし、そのとき僕は、右手に炎の呪印文字を浮かべていた。

「しまっ……！」

「〈炎球〉！」

ゼータの胸部を、僕の〈炎球〉が抉る。爆炎が、半壊していたゼータの巨体を完全に粉砕した。

6

「我が、こんな……有り得ぬ……。我は、選ばれた存在では、なかった、のか……」

土塊の残骸の中に、少女が倒れていた。年齢は僕とさほど変わらないように見える。

「この子がゼータの本体……？」

あの外面の大男とは似ても似つかない。

『生まれ持ったマナの総量さえ高ければ。契約精霊次第でいっぱしの戦力にはなるだろうが……キナ臭いな。〈真理の番人〉は、貴族の子供を攫って洗脳教育でも施しておるのか？　それでやれ、正しい理想の世界などと騒ぎ立てるとはな』

「取り消せ……犬。我らの主を、愚弄するとは……！」

ネロはゼータを触手で搦めて持ち上げると、ぐっと締め上げた。

「あぐっ！」

ゼータの身体が一瞬跳ねて、その後、大人しくなった。

「ネ、ネロ……！」

『気を失わせただけである。またアドニスの精霊鎧を纏われては厄介であろう。ギルドのためにも、こやつには聞かねばならんことが山ほどあるだろうからの』

ネロはゼータを自分の背へと器用に触手で括り付ける。それからトテトテと、廃村を歩き始めた。

「そ、そっか……」

僕はほっとして息を吐いた。それからネロと手分けして廃村を捜し回った。

例のタルナート侯爵家の令嬢は、廃教会堂の地下牢に囚われていた。

綺麗《きれい》な金の髪を持つ女の子だった。聞いていた外見の特徴とも一致している。酷い目に遭ったのか、無感情な目で牢の壁を見つめていた。

『無事に見つかったか……。あのダルクとやらが既に連れ出したのではないかと思っておったが、どうやらあの男、相当我のマルクに怯《おび》えておったようであるな』

ネロが嬉しそうにそう口にする。

「あなたは……？」

ティアナ様は、不思議そうな顔を浮かべていた。

「僕、冒険者のマルクです！　ティアナ様……助けに来ました！」

「そう……あなた、私を助けにきた冒険者なの……」

ティアナ様はそう口にすると、疲れたように息を吐き出した。

「また、死に損ねたのね……私」

「えっ……」

「ごめんなさい、あなたに言うことではなかった。でも、謝辞の言葉は、私ではなく父様から聞いて」

どうもティアナ様は、助けられたことを良いことだとは捉えていないようだった。

『な、なんであるか、この小娘……！　助けてもらっておいて、我のマルクに、この態度！　我らは頼まれて、そなたのために来てやったというのに！』

「道具を修理するのは、それを使う人のため。そうでしょう？　心配しなくても、あなた達の善意は無駄にはならない。父様は、私が無事で喜ぶことでしょう。まだ使い道がある、と」

『な、な、な……！』

ネロの触手が逆立っている。捕縛されているゼータが、強く締め付けられて泡を吹いていた。

「抑えて、抑えて、ネロ！」

僕はネロの首へと抱き着いて、必死にその頭を撫《な》でる。

「言い方を選ばなかったのはごめんなさい。でも、自分の感情を偽りたくはないの。それをしてしまったら、本当に私は『ただの人形』になってしまうから」

「だ、大丈夫ですよ、僕は全然気にしていませんから！」

気にしまくっているネロに頬擦りして機嫌を取りながら、僕はティアナ様にそう言った。

「でも、侯爵様、ティアナ様のこと……大事に想っていると思います」

「……何も知らないのに、勝手なことを言わないで」

無感情だったティアナ様の眉が、少し傾いた。

「僕にも……親代わりの人がいたんです。僕はその人の提案で、村の生贄として捧げられることになりました。でも、あの人は……最後に僕を、助けようとしてくれました」

長老様のことである。

僕は幼少の頃から今に至るまで……あの人のことが、ずっと大好きだった。使命のために僕を生贄として扱っていたけれど、本当はずっと僕のことを想っていてくれたことを、僕は知っていたから。

あのときも、儀式が無事に行われたのは、僕が長老様に手を伸ばさなかったからである。もしもあのとき僕が抵抗していれば、きっと本当にあの儀式から逃げ出せたはずだ。

「大貴族ですから……きっと、僕達の村なんかより、ずっと大変なしがらみがあるんだと思います。でも……」

「父様は男爵家の生まれだった母様の美貌に目が眩《くら》み、強引に末の夫人として娶《めと》った。身分も低く、末の夫人……母はタルナート侯爵家の中に居場所なんてないって見えていたのに、断れるわけもなかった。侯爵家内で散々肩身の狭い思いをさせられた上に、争いに巻き込まれて見殺しにされた。娘の私も、マナが少し高かったばかりに、散々父様や親族、他家の貴族に道具として利用されてきたわ。私は母様同様……生涯、籠の中の鳥なの。高価な愛玩動物くらいにしか思われていないわ。あなたの生まれの、貧村の尺度で測らないで」

「ご、ごめんなさい……僕、世間知らずで……」

彼女を傷つけようとしたわけではなかった。

ただ元気付けてあげたかったのだ。だが、あまりよくないことを言って、怒らせてしまったらしい。

『ひ、ひひ、貧村の尺度であると⁉　我、我慢ならんぞ、マルク！　ちょっとくらい小娘を痛めつけてやっても、大恩の手前、侯爵も怒らんだろうて！』

ネロはまた触手を逆立たせていた。

「お、落ち着いて、落ち着いて、ネロ！　ね、ね？　後でまた、あのお饅頭、買ってあげるから！」

ティアナは言い過ぎたとは感じているらしく、気まずげに僕から顔を背けた。

「……早くこの牢から出して、都市まで案内して。謝礼は父様がいくらでも払ってくれるわ。あなたも、長くこんな女と一緒にいたくはないでしょう」

第四話　侯爵家の襲撃

1

〈不滅の土塊ゼータ〉を討伐し、タルナート侯爵家の令嬢ティアナ様を救出してから二日が経過していた。僕はベインブルクの中央広場にて、先輩冒険者であるロゼッタさんと話をしていた。

「何をそう暗い顔をしているのよ、マルク。内容が内容だけに表沙汰にはされていないけれど、大手柄だったのでしょう?」

「ティアナ様……ずっと寂しそうな顔をしていました」

僕はベンチに座りながら、ロゼッタさんへそう口にした。

「仕方ないでしょう。タルナート侯爵家の問題に、いち冒険者ができることなんて何もないわよ。それとも侯爵家に帰さずに、怪しげな団体に誘拐させておくのがよかったとでも思ってるの?」

「えっと、僕が連れて逃げるとか……!」

ロゼッタさんが、がくっと肩を落とした。

「あなたね……侯爵令嬢を救出した英雄から、一転して誘拐犯よ。捕まったら首を刎《は》ねられるわ」

「ですよね……」

僕は苦笑いを返す。

『フン、あんな失礼な小娘など、知ったことではない。それに……マルクよ、人には人の、生まれながらにしての使命が付き纏《まと》うものなのだ。本人が望むにしろ、望まぬにしろ、な』

ネロはそう言うと、ベンチの上に載せてある〈もちもち饅頭《まんじゅう》〉の袋へと顔を突き入れる。既にギルドからたんまりと侯爵令嬢奪還の報酬金を受け取っているため、好きなだけ〈もちもち饅頭〉を購入することができたのだ。

「あなた、真面目な話をしているときくらい、我慢できないの……？　そんな姿でも、名のある精霊なのでしょう？」

『女め、この我を堪え性のない子供のように扱いおって！　よいか、我は、世界の意思たる精霊王より領域を賜った大精霊ネロデ……ネロ、ネ、ネ……』

どうやら饅頭のもちもちが牙にくっ付いてしまったらしく、上手く口が開かなくなっている。ネロは尾を垂れさせて、助けを求めるように僕を見る。

『もっ、もが、ふがふがっ！　マルクッ、助け……ふがっ！』

「ほ、ほら、取ってあげるから、できるだけ口を開けてみて、ネロ」

「……いったいどこに、こんなに小っちゃい、饅頭に殺されかける大精霊がいるっていうのよ」

ロゼッタさんは溜《た》め息《いき》を吐くと、ネロの頭を撫《な》で回《まわ》した。ネロは首を竦《すく》めて、気持ちよさのままについ伸びをしてしまうのを堪えていた。

『もが、もが……ああ、ようやく取れたわい！　女！　この我を、犬っころ扱いするではない！』

ネロがすくっとベンチの上に立ち、ブンブンと激しく尾を振ってロゼッタさんを威嚇する。

「もうその様子が完全に犬なのよ」

ロゼッタさんが呆《あき》れたようにそう口にした。

「お手柄だったねぇ、マルク君。緘口令《かんこうれい》が出てるから表には出てないけど、ギルド内じゃ大盛り上がりさ。近い内に、タルナート家の当主である、タルマン侯爵様と直接面会することになっている……とも聞いたよ。これは側近の私兵にしてもらえるかもしれないねぇ」

横からすっと現れたギルベインさんが、〈もちもち饅頭〉を袋から一つ手に取って、自身の口へと運ぶ。それから引っ張って生地の伸びを確認して、満足げに頷《うなず》いていた。

「おお、伸びる、伸びる。たまに食べたくなるんだよね、これ」

『そっ、そなた、それはマルクの〈もちもち饅頭〉であるぞ！　勝手に食らうなど、盗人に同じである！』

「まぁ、まぁ、落ち着いて、ネロ。みんなで食べた方が、きっと美味しいよ」

僕はギルベインさんへと威嚇するネロの頭を撫でて諫《いさ》める。

「僕はあまり……私兵にはなりたくないですね」

「ええっ？　どうしてだい、マルク君！　タルマン侯爵様の側近兵になれれば、お金も名誉も思いのままだよ！　君の実力ならば出世を重ねて、ゆくゆくは騎士爵……地方代官、そして準男爵……

フフフ。時代の追い風が吹けば、もっと上だって目指せるだろうさ！　そうなったら、マルク君の下に仕えさせてもらうのもアリだな……」

「あなたね……ギルベイン、本当に、そういうところがダメなのよ」

ギルベインさんはニヤニヤと笑みを浮かべ、ロゼッタさんから冷たい視線を向けられていた。

「冒険者になったのは、村の外の広い世界を見て回りたかったからなんです。人助けをするのは好きですけど……誰を何のために助けるのかは、自分で考えて決めたいなって……そう思うんです。だから、誰かに雇われるよりは、冒険者として自由に生きてみたいんです」

僕はぽつぽつと、考えながらそう話した。

村で暮らしているときは、村人達からしてみれば『災厄を招く悪い存在』だった。

ティアナ様にしても、一緒にしたらまた彼女に怒られてしまいそうだけれど、侯爵家のために彼女に不幸を強いているのは彼女の父である侯爵家の当主様だ。

〈不滅の土塊ゼータ〉も……僕には理解のできない、何かのために戦っているようだった。きっと集団のための正義と、個人のための正義は、変わってきてしまうものなんだろうと思う。

僕には難しいことで、答えは全く見えないけれど、だからこそ誰かに委託されるのではなく、自分で考えながら生きていきたい。ネロと契約して大きな力を持ってしまった僕だからこそ、そうしなければならないんじゃないかと、今はそう思っている。

「……マルク君、君、色々考えてるんだなぁ」

ギルベインさんが、何故か深傷《ふかで》を負ったように苦しげにそう答えた。

「す、すみません……なんだか僕、生意気なことを言っちゃいましたよね」

「いいんだ、マルク君。君は私なんかに穢《けが》されずに、自由に生きてくれ」

「気にしなくていいわよ、マルク。こいつは自分のみみっちさを自覚して、勝手にダメージを受けてるだけだから」

ロゼッタさんが呆れたようにそう口にする。

「でも……タルマン侯爵様の誘いを、断れるといいんだけどね。向こうは抱え込む気満々だと思うよ。タルマン侯爵様は、厳格でおっかない、冷酷な御方だって話さ。そうじゃなければ大貴族の当主なんて務まらないだろうけれど」

ギルベインさんが口許を押さえ、言い難そうに口にした。

『ハッ、タルマン侯爵が娘の恩人相手に不躾《ぶしつけ》な態度を働くような愚物であれば、我が館諸共吹っ飛ばしてやるわい。安心しておれ、マルク』

「ネロ、ありがとう！　僕、心強いよ！」

「……あのね、一応言っておくけれど、それやったら契約者であるマルクが大罪人になるわよ？」

ロゼッタさんが深く溜め息を吐いた。

「しかし……お嬢様のことや、私兵へのスカウト問題に頭を悩ませるのはいいけれど、もっと深刻な問題がこのベインブルクには迫っているようだ」

ギルベインさんが少し表情を引き締めてそう口にした。

「それって〈真理の番人〉のことですか？」

僕の倒したゼータが口にしていた組織名だ。

「そう、〈真理の番人〉。マルク君も耳にしていたかい？　誘拐されていたティアナ嬢も、連中がその組織名を口にしていたのを聞いたそうだ」

「何者なんですか、その人達は」

「私も大して聞かされてはいないし、下手に口にするなと緘口令が敷かれてるんだけど……マルク君には話しておくべきだろう。〈真理の番人〉は、過激な精霊信仰の団体らしい。『人類は愚かだから精霊の統治する新世界を作りましょう』って内容で……要するに、国の体制への不満を煽《あお》って革命を促す教えを広めているようだ」

「精霊信仰……？」

「人の上に精霊を置く……その手の精霊信仰自体は珍しくないんだ。精霊は世界の意志そのものだと定義されることもある。もし国の統治に組み込めば、俗欲に左右されず、長命故に後継争いも起きない国主が生まれる……という理屈はわかる。だけど国の構造そのものをひっくり返そうってことなんだから、大混乱が起こり、争いの連鎖になるだろうさ」

『一見正当性のある、間違った結論を招く思想……。真の狙いは精霊国家への改革ではなく、国の調和を乱して混沌《こんとん》の時代を築き、己が権力を得ることか。悪党のやり口は、いつの世も変わらんな』

　ネロが目を細めた。

「これまで〈真理の番人〉については組織名や教えばかりが一人歩きしていて、実態がほとんど摑《つか》めていなかったそうだ。架空の団体だとも噂《うわさ》されていたし、教典がマニアの間で高額で取り引きされたりなんかもしていたんだとか。私はこれまで聞いたこともなかったけど、オカルト好きの間では有名な話だったみたいだね。それがこうして、S級冒険者格の戦力を集めて、この都市を狙っている……悪夢か戯曲のような話だよ」

　ギルベインさんが肩を竦めた。

　想像以上に話が大きくて……僕にはなんだか、話が上手く飲み込めなかった。

「要するに、正義をでっち上げて好き勝手にやってる団体ってことでしょ？　その〈真理の番人〉っていうのは」

　僕が考え込んでいると、ロゼッタさんが口を挟んできた。

「まぁ、纏《まと》めるとそういうことだね。タルマン侯爵様やギルドが警戒しているのは、これまで婉《えん》曲《きょく》だった〈真理の番人〉のやり口が、どんどん露骨になっているってことさ」

　ギルベインさんの言葉に、僕は息を呑《の》んだ。

〈真理の番人〉は冒険者狩りの失敗と、ティアナ様の誘拐失敗で、自分達の実態が割れつつあるのは理解しているはずだ。

諦めて手を引いてくれればいいけれど……逆に、行動を早める可能性もある。それはきっと、〈真理の番人〉と都市ベインブルクの全面戦争の始まりになるだろう。

「私もまだ実感はないけれど、近い内にこの都市が戦場になるかもしれない。卑怯《ひきょう》な言い方だが……ギルド長のラコールさんは、君がこのベインブルクの命運を左右するだろうと、そう口にされていたよ」

「僕が……？」

「〈真理の番人〉のメンバーを撃退できたのは君だけだからね。レイドでは〈静寂の風ダルク〉相手にガンド班の冒険者が全滅させられていたし、侯爵邸の襲撃では〈不滅の土塊ゼータ〉相手に歯が立った私兵はいなかった」

僕は息を呑んだ。

確かに〈真理の番人〉に彼らのようなレベルの戦力がまだまだ控えているのであれば、ネロの力を借りている僕でなければ、きっと止められない。

後はせいぜいギルド長のラコールさんくらいだろう。近い内に、彼らと決着をつけることになるかもしれない。その覚悟を決めておくべきだろう。

「だがね、マルク君……力量としては及ばないながらに、冒険者の先輩として一つ忠告しておいてあげよう。私から言わせてもらえば、君には致命的に足りないものがある。君が今後、更に高みを目指すならば、避けては通れない課題さ」

ギルベインさんが、ビシッと人差し指を僕へと突き付ける。

「た、足りないもの……？」

「そう、レイドのときにも言わせてもらったがね、君には武器が足りない！　単純明快な攻撃手段を敢えて放棄する選択肢は有り得ない。君の戦闘スタイルを考えても、あって損にはならないはずだ。何か大きな戦いの前に、自分の手にしっくりとくる武器を用意しておくことだ」

う～ん……そうなんだろうか？

遠距離、中距離は〈炎球〉だけで事足りてしまっている。もう少し応用の利く魔法を習得しておきたい、という気持ちはあるが。

そして近距離は、殴打から拘束、なんでも自由自在に熟《こな》せるネロの触手がある。今のところ攻撃力も申し分ないように思う。僕の会った中で最上位クラスの精霊使いである、〈真理の番人〉の二人であるダルクとゼータも、特に武器を有してはいなかった。

「ロゼッタさん、僕に武器って必要なんですか？」

「この人、先輩風吹かせたいだけよ。放っておきなさい」

ロゼッタさんが面倒臭そうに答える。

『と……いうことらしいぞ、マルク。答えは出たな』

ネロもそれに同調した。

「君達の私への評価、辛辣すぎないか⁉」

『我らの評価は順当である。マルクが優しすぎるのだ』

「そっ、そうだ、マルク君！　私の剣を少し振ってみるかい？　剣の良さを実感できるかもしれないよ」

ギルベインさんの剣を……？

僕の目前で、ギルベインさんが鞘《さや》から剣を抜く。刃は黄金色の輝きを纏っていた。

「ギルベイン……あなたの悪趣味なきんさら金の剣なんかじゃ、マルクは釣れないわよ。武器は飾りじゃないんだから」

ロゼッタさんが呆れたように口にする。

「か、格好いい！」

僕の言葉に、ロゼッタさんがガクッと肩を落とした。

「フフ、私の二つ名……〈黄金剣のギルベイン〉を忘れたわけではないだろう？」

「さ、触らせてください！　ぜひ試してみたいです！」

「やれやれ、仕方ないなぁ、マルク君」

ギルベインさんが、得意げに僕へと黄金剣を手渡してくれた。

「魔法金を練り込んで、強度と斬れ味……マナ伝導率をはね上げている業物《わざもの》さ。どれ、ちょっと振ってみるといい。見ていてあげよう」

「はいっ！」

ギルベインさんに指南を受けて、何度か剣の素振りを行ってみた。ロゼッタさんはネロと並んで、退屈そうに僕達の様子を見ていた。

「別に武器を試してみること自体は悪くないとは思うけれど……どうして男って、ああいう悪目立ちする大味な武器が好きなのかしら」

ロゼッタさんが溜め息を吐く。

「今は難しいことは考えなくていい。両手持ちと言っても……左手でがっしりと掴み、右手は支える程度にするのが基本だ。う～ん……基礎にちょっと時間が掛かりそうだなあ。意外と力はあるみたいだけど、剣はまだマルク君には難しかったかな」

ギルベインさんが活き活きとそう話す。

ネロの許で修行していた際に、マナを伸ばすための一環としてある程度身体も鍛えていたのだが、その成果が出ているようだ。

ただ……それでも、技量不足を埋めるには遠く及ばないようだ。我武者羅《がむしゃら》に剣を振るよりは、精霊融合の触手に専念した方がよさそうだ。

「まぁ、修行であれば私がいつでも付き合ってあげるよ。先輩冒険者としてね」

「……あなた、やっぱり師匠面《ししょうづら》したかっただけでしょ？」

ロゼッタさんが呆れたようにそう口にする。

『我も無理に武器を使う必要はないと思うぞ、マルクよ』

確かに、ちょっと剣士に憧れてはいたけれど、僕にはまだまだ早そうだ。

「いや……ちょっと待って」

僕はギルド長のラコールさんとの戦いで、機動力を触手で補う術を学んだ。こと剣術においても、同じことができるかもしれない。

僕は袖から触手を伸ばして、自分の腕へと絡めた。

僕もネロの領域での修行で、多少は膂力《りょりょく》を鍛えている。ただ、それでも技量不足を補えるだけのものではなかった。しかし、触手でその膂力を補強すればどうだろうか？

「あの……マルク君、マルク君、それ、ちょっと危険なんじゃ……」

「見ていてください、ギルベインさん！」

僕は勢いよく剣を振り下ろす。途中で止めるつもりだったが……触手に引かれ、勢いよく刃を地面に叩《たた》きつける形になった。

「っと……わぁっ！」

ギィンと鈍い音に続き、ゴオオオンと轟音《ごうおん》が響く。地面に亀裂が走り、土煙が巻き起こる。

周囲の人達が何事かと僕の方を見ていた。う、腕が痛い……。腕の関節が外れるかと思った。

「マルク……その剣技は、危ないから封印しておきなさい」

ロゼッタさんは手で土煙から顔を庇《かば》いながら、疲れたようにそう口にした。

「は、はい……」

「あ――――っ！　マルク君、私の、私の黄金剣！」

ギルベインさんが悲鳴を上げ、頭を抱えながらフラフラと歩み寄ってくる。目線を剣へと落とすと、刃の先端が折れて、綺麗《きれい》に吹き飛んでいた。

「あっ、あああぁ――――っ！　ごめんなさい、ごめんなさい、ギルベインさん！　これっ、あの、べ、弁償しますから！」

慌てふためいている僕の傍で、ロゼッタさんが淡々と折れた刃を拾い上げる。

「……魔法金を練り込んだって、これ、表面に薄く貼っ付けてるだけじゃない。ほんっとに呆れた。あなたにそんな大金も、魔法金の重量を支えられるだけの力もないと思ってたわ。〈金メッキのギルベイン〉に改名してもらった方がいいわね」

「い、今、傷口に塩を塗らなくてもいいだろうに！　私は愛剣を失って傷心なのだから！　今だけでいいから私に優しくしろ！」

ギルベインさんが、半泣きになってロゼッタさんを責める。

『触手の力で叩き斬るのは悪い発想ではなかったが……耐えられる剣が見つかりそうにないな』

ネロがそう口にした。

2　――ヨハン――

都市ベインブルク内の、ある建物の地下にて。ベインブルクにて暗躍している〈真理の番人〉の四人が集まっていた。

「あまり現状を共有できていない方もいるため、情報を纏めさせていただきましょう」

羽根帽子の男……〈静寂の風ダルク〉が、そう切り出した。

「〈不滅の土塊ゼータ〉は、この地の冒険者……マルクという少年に敗れました。現在、タルナート侯爵家の館の地下にて、拘束されているようです。また、私とゼータが誘拐していたティアナ嬢も、その際に奪還されました」

「子供相手に敗れた……人形姫を奪還されただと⁉　確実に侯爵領を手に入れるため、あの女を確保しておくのではなかったのか！」

獅子《しし》の鬣《たてがみ》のようなごわごわとした金髪の、荒々しい印象の男が叫ぶ。

彼はトーマス。幼少の頃にタルナート侯爵家より追放された、現当主の甥である。

「貴様らが凄腕揃《ぞろ》いだと自称するから、この俺様がわざわざ乗ってやったのだ！　俺様をタルナート侯爵家の当主にすると、貴様らがそう言ったのだぞ！　一般冒険者に後れを取って、確保した人形姫を失うとはどういうことだ！　〈不滅の土塊ゼータ〉は戦力の要ではなかったのか！　第一……ダルク、貴様は何をしていた！　ゼータと共に人形姫を拘禁していたのではなかったのか！」

「分が悪いと判断し、情報を持ち帰るため離脱しました」

ダルクは無表情で答える。トーマスは彼の様子に重ねて苛立ち、唇を噛《か》み締《し》めた。

「のうのうと帰ってきよって！　貴様らはヨハンの集めた、戦闘能力しか取り柄のない逸《はぐ》れ者《もの》の集まりだろうが！　その癖に一般冒険者のガキ相手に敗れるなど、もはやただのカスではないか！」

トーマスが壁を叩いて吠《ほ》えた。

「よせ、トーマス殿。ゼータもダルクも、僕は深く信用している」

そう声を掛けたのは、顔の左側を仮面で覆った少年であった。

薄い水色の髪をしており、片側だけ結んだ三つ編みが頬に垂れている。煌《きら》びやかな美しい衣を纏っていた。

「ゼータは真っ当な戦いではまず敗れない。そして、ダルクは判断を誤らない。ゼータが囚われ、ダルクが逃走を選んだのは、彼らの失態ではない。僕の想定していない異物がこのベインブルクに紛れ込んでいたのだろう」

「ヨハン……俺様が問いたいのは、計画が成功するのだろうなということだ！　本家の奴らをぶっ殺して当主になれるというから、貴様らのような胡散臭《うさんくさ》い団体に手を貸してやって、俺様のマナで毒竜と精霊契約まで結んでやったのだ！」

「問題は何もない。誘拐は失敗したが、それによって要注意人物が洗い出せた。ゼータは強いが、その本分は数を相手にすることだ。一対一の専門家は別に用意している。黒武者……例の少年の対処は君に任せたい」

「御意。ゼータを拘束する程の強者とは、興が乗る」

黒武者と呼ばれた男が前に出る。

彼は異国の鎧《よろい》である『甲冑《かっちゅう》』を纏っており、顔には鬼の面を付けていた。腰にはこの国では珍しい片刃の剣、『刀』を差している。

「俺様は初めて会うが……こいつはなんだ、ヨハン」

トーマスは目を細めて、黒武者を睨《にら》む。

「異国の大罪人だ。万物を受け止める魔鎧《まがい》〈闇竜〉……そして、万物を断ち切る魔刀〈月蝕《げっしょく》〉。どちらも東洋の国ヒイズルの国宝だ。彼はこの二つの神器に魅入られて母国を去ることになり、この地へ流れ着いた。一対一であれば、間違いなく僕達〈真理の番人〉最大の戦力だ」

「こんな男が、か……フン」

「大事を成すためには、想定外の難事は付き物だ、トーマス殿。大事なのはそれを早めに洗い出し、叩き潰せるだけの武器を用意しておくこと。黒武者は決して敗れない。そして、万が一黒武者が敗れたとしても、何重もの保険も用意している。計画の失敗はあり得ないさ。我々は必ずこの地を手中に収める」

「だといいがな。しかし、タルマン侯爵も愚物ではないぞ。周到な計画を練ってから事を起こした、俺様の父上を葬った男だ。これ以上時間を掛けておれば、王家も干渉してくるかもしれん」

「計画を前倒しにする。ティアナ嬢の誘拐に失敗し、こちらの情報を握られた以上……強硬手段に出るしかない。侯爵邸の地下に囚われているビータを奪還して戦力を補充し、そのまま武力制圧によってこの都市を強奪する。順序が逆になるが、他領地と王家に対して取り繕うのは、ベインブルクを乗っ取ってからにしよう」

ヨハンの言葉に、トーマスが醜悪な笑みを浮かべた。

「全面戦争！　クク、悪くない！　元より回《まわ》り諄《くど》い真似は面倒だったのだ。全員派手にぶち殺しちまえばいい。ヨハン、タルマンのクソ野郎け、俺様にやらせろよ！　契約精霊……〈毒霊竜ヒュドラ〉の力、奴の身体で存分に試してやろうじゃねぇか！　おい、足引っ張ってくれるんじゃねぇぞ、弱虫ちゃん。今度は逃げんなよ？」

トーマスはダルクへと視線を向ける。ダルクは何も言葉を返さなかった。

「フン。元王家の暗殺者だか知らんが、しょっぱい野郎だ」

トーマスは退屈そうに鼻で笑う。

「決行は今夜だ。地下に囚われているゼータを奪還し、そのままタルマン侯爵を襲撃する。我々の力を示すためにも、侯爵邸は派手に破壊する。使い道のある人形姫以外の、侯爵家の人間は皆殺しにせよ」

ヨハンがそう宣言した。

3　――黒武者――

夜深く、タルナート侯爵邸の地下にて。暗色の甲冑を纏い、鬼の面を付けた男が通路を歩いていた。

〈真理の番人〉の一人、黒武者である。彼の背後には、タルマン侯爵の私兵達が血塗れで倒れ伏していた。

「あまりに弱し……。戦いを求めて〈真理の番人〉に身を置いたが、この国に某《それがし》の求める武士《もののふ》はおらんと見える」

この先に、マルクという少年に敗れた同朋のゼータが拘禁されている、という話であった。黒武者はそれなりに腕の立つ見張りがいるはずだと期待していたが、見当外れだったらしいと落胆していた。

そのとき、前の扉より壮年の男が現れ、黒武者の許へと向かってきた。

「ふむ、某の力量を見て、なお姿を現すか」

「お前のような奴に備えて特別に雇われた身でな。逃げ出すわけにはいかんのだよ」

男は大槍《おおやり》の石突きを床へ叩き付ける。

彼はラコール、冒険者ギルドのギルド長である。このベインブルクの冒険者の中では最も腕が立つ。〈真理の番人〉への対抗戦力として、タルマン侯爵の兵として臨時で雇われていた。

「纏わりつくような、黒い殺意……。殺人狂とは何度か戦ったことがあるが、その中でもお前は別格だな。対峙《たいじ》しただけでわかる」

「そこまでわかっていて、なお某の前に立つか。風雅な男よ。この館にはつまらぬ輩しかおらんかったが、そちのような忠義の士に会えてよかった。某は黒武者……人を斬る、黒き鬼。かつての名は既に捨てた身だ。名乗れ、槍使い」

「生憎、お前のような無粋な下衆に名乗る名はない」

「左様か。さて、話はここまでにして、来るがよい」

黒武者はこきりと首を鳴らすと、その場に棒立ちになった。

「そちの高潔さ、実に風雅、天晴れなり。ただ一太刀で落命しては、主に申し分けが立たぬだろうて。一打目はお譲りいたそう」

ラコールの額に一筋の汗が垂れた。

黒武者は今なお、武器に手も掛けず、無防備に立っている。

油断ではない。小鬼を恐れる竜はいない。それに近い程の絶望的な力量差があることを、ラコールは黒武者の佇《たたず》まいから実感させられていた。

(この一太刀で、有効打を与えるしかない……か)

ラコールは黒武者が腰に差す刀を睨み、思案する。

敵から譲られたこの初手を活かさない手はない。

自身が斬り掛かれば、黒武者は戦闘態勢に入り、刀を抜いてラコールの槍を防ぎに出るだろう。

それを踏まえた上で、どうすれば少しでも黒武者にダメージを与えられるのか。

「雷魔法〈雷纏装《らいてんそう》〉！」

ラコールは大槍を天井へと掲げる。魔方陣が展開され、大槍は雷の光を纏った。

「ほう、雷を槍へと纏うたか」

黒武者が楽しげに口にする。

ラコールは地面を蹴り、黒武者へと正面から接近する。黒武者の目前まで来ると、床を蹴って瓦《が》礫《れき》を飛ばした。

「むっ……」

黒武者の目が瓦礫へと向いた。

その刹那、ラコールは斜め前方へと跳び、壁を蹴って黒武者へと死角より飛び掛かった。自身の最強の技を正面から愚直にぶつけると見せかけて、飛び道具を用いて気を逸らし、死角へと回り込んで飛び掛かる。これがラコールの策であった。

ラコールの目は黒武者の刀へと向いていた。

刀での防御さえすり抜け、強引に押し込めば、黒武者に一撃を与えることができる。死角を取ったのが幸いしたのか、黒武者の反応は大きく遅れていた。

刀は間に合わなかった。雷を纏ったラコールの大槍は、黒武者の左肩を捉えていた。

「よし、当たった……！」

「そのような真似をせずとも、一打目はお譲りいたすと申したはずだが」

黒武者の左肩に当たったラコールの大槍の穂に、亀裂が走っていた。黒武者の甲冑には傷ひとつない。彼は仰け反ることさえせず、その場に仁王立ちしていた。

「馬鹿な……〈雷纏装《らいてんそう》〉の一撃を受けて、こうも平然と……」

「魔鎧〈闇竜〉……。あらゆる衝撃を殺し、マナを通さず、熱を遮断する。万物を受け止める無敵の甲冑。某の故国、ヒイズルの宝具である。いや、しかし、悪くない一撃であった」

黒武者は籠手《こて》を握ると、ラコールの大槍を殴り付けた。

亀裂の走っていた穂が砕け散り、柄がへし折れた。その延長にいたラコールも、籠手の拳に殴り飛ばされ、床を転がることになった。

「がはっ、ごほっ！」

背を壁に打ちつけたラコールが、血の混じった咳《せき》を吐き出して失神し、ぐったりとその場に倒れた。

「む……刀を抜きそびれていたか。いや、まぁ、よい。これもまた運命か」

止《とど》めを刺そうかと刀へ手を伸ばした黒武者だったが、途中で止めて前へと歩み始めた。

「では先へ進ませてもらうぞ、槍使いよ」

黒武者は失神したラコールの横を通り、ゼータが囚われているであろう先へと向かう。

黒武者はすぐに行き止まりの扉に着いた。部屋の中の大きな魔方陣の描かれた床の上に、鎖で雁《がん》字搦《じがら》めにされた少女がいる。少女は布で目隠しをされていた。

黒武者は魔方陣へと目を向ける。囚人のマナを乱し、消耗させる類いのものであった。強大なマナを持つ者を安全に拘束するための仕掛けである。

「そちが某の同朋、〈不滅の土塊ゼータ〉か。中身を見るのは初めてであるが、かような少女であるとは」

黒武者が刀を抜き、素早く振るった。全身を拘束していた鎖が綺麗に砕け、続いて目隠しが床へと落ちた。

「貴様……黒武者か」

ゼータは床に膝をついたまま、黒武者を見上げる。

「左様。ヨハン殿は計画を早めるおつもりだ。〈真理の番人〉の力を誇示するため、今すぐこの場に大きな破壊を齎《もたら》すことを望まれている。ゼータ殿による侯爵邸への攻撃を開戦の狼煙《のろし》とする予定である。拘禁されていたため消耗していることとは思うが、頼めるか？」

「無論だ。それが主の……ヨハン様のご意志であるのならば」

ゼータは口許に笑みを浮かべると、ゆらりと立ち上がった。

4

宿屋で就眠していた僕は、扉を激しく叩く音で目を覚ました。僕は抱いていたネロを床へと下ろす。

『む……来客のようであるな。なんと、この深夜に不躾な』

ネロは欠伸をして身体を伸ばすと、眠たげな目で扉を睨んだ。

僕は窓の方へと目をやって、空が暗いことを確認する。

確かに今は真夜中のようだが、なにやら外から悲鳴のような声が聞こえてくる。明らかに夜深くだというのに騒がしい。

扉を開けると、ギルベインさんが部屋に飛び込んできた。勢い余って床へと倒れる。

「ようやく開けてくれたかい……マルク君」

「こんばんは、ギルベインさん。あの……この騒ぎ、何があったんですか？」

「わわ、わからない！　ただ、タルマン侯爵様の屋敷から、煙が上がって……館が崩れて！　街の方はもう大パニックさ！」

僕はごくりと息を呑んだ。このタイミングの侯爵様の館の襲撃……〈真理の番人〉絡みであることは間違いない。

「私とてB級冒険者の端くれ！　すぐに侯爵邸へ向かうべきかと思ったが……その、まぁ、私なんかが少しでも早く駆けつけるよりも、君に声を掛けておいた方がいいに決まっていると考え直してね……」

ギルベインさんは立ち上がりながら、コホンと恥ずかしげに咳払いを挟んだ。

『……そちはいつも尊大な割に自己分析がしっかりとしておるな』

ネロが呆れたようにそう口にした。

「ま、まぁ、どうせダルクみたいなのが出てきたら、私で太刀打ちできるわけがないし……」

「狙いは前のようにティアナ様でしょうか？」

「君の捕まえたゼータを、タルマン侯爵様は館に拘禁していたんだ。連中の狙いは彼女かと思ったのだけれど……どうにも、破壊活動が派手過ぎる。公には伏せられていたから君にも黙っていたのだけれど、ティアナ嬢は連中に囚われていた際に、トーマスという男に会っていたそうだ」

「トーマス……それは、どちらの方なんですか？」

初めて聞いた名前だった。

「タルナート侯爵家の親族の男さ。かつてタルマン侯爵様には弟がいた。彼は当主の座を狙い、実の父や、タルマン侯爵様に与《くみ》していた家臣を暗殺したんだ。タルマン侯爵様は政争の果てに彼を処刑したけれど……その子供は、身分を剝奪して領地追放に留《とど》めることになったんだ。そのときの子供がトーマスだ」

何やらきな臭い話が出てきた。

「〈真理の番人〉に、なぜ侯爵家の親戚筋の人間が……？」

「追放された貴族を闇組織が連れ歩く理由なんて限られてくる。貴族において遵守されるのは血なんだ。あらゆる情報……正義や悪、正しさや過ち、過去の事件、記録、それらはいくらでも捻じ曲げられてしまう。だが、その身体に流れる血だけは嘘《うそ》を吐かない。恐らく連中はトーマスを擁立して、タルナート侯爵家を乗っ取るつもりだろう」

「じゃあ、今回の襲撃は……」

「ここまで派手にやったということは、これ以上長引くことを嫌って、今回で決着をつけるつもりかもしれない。今日が奴らとの決戦の日になる」

僕はぎゅっと拳を握った。

ここまで干渉した以上、途中で投げ出すつもりはない。それに、今タルマン侯爵様の館にいるであろうティアナ様のことを見捨てる気にはなれなかった。

「すぐに館へ行きましょう、ギルベインさん」

「わ、私も……かい？　私なんかがいても、足を引っ張るっていうか……その、今、武器もないし……君に折られたから」

引《ひ》き攣《つ》った顔でギルベインさんが答える。

「頼りにしていますよ、ギルベインさん！　ギルベインさんは冒険者の経験も長いですし、ギルド職員だから内情にも詳しいですし！」

「う、う〜ん……そうだよね、まぁ、私が呼んだ以上、じゃあ帰って寝るとはいかないよね……」

「ギルベインさんの白銀狐《はくぎんぎつね》、可愛いですし！」

「か、可愛い……？　ま、まぁ、私の白銀狐ちゃんはプリティーだが、その、それってあんまり、今褒めるポイントではないような……」

『まぁ、我らはあの子狐が活躍しておるところを一切目にしておらんからな』

ネロがぼそっとそう口にした。

「ギルベインさん、急ぎましょう！　時間はありません！　こうしている間にも、タルマン侯爵様が殺されてしまうかもしれません！　それに、ティアナ様も……！」

「あ、ああ！　わ、私だってB級冒険者だ！　……その、でも、その前に、私だけロゼッタを捜してきても……」

僕は渋るギルベインさんの手を掴み、引っ張って宿屋から走り出した。

僕の後ろからネロが付いてくる。

宿を出て外に出る。ギルベインさんの案内に従って走ると、煙の昇っている豪邸が見えてきた。

「あれがタルマン侯爵様の屋敷ですね……」

「こうなれば自棄だ……！　私も腹を括ったぞ、マルク君！　やってやる……ロゼッタがいなくたって、私はB級冒険者としてやっていけるんだ……証明してやる……！」

ギルベインさんが、大きく息を吸って吐いて、呼吸を整える。

侯爵邸に入れば、ぐったりと倒れているタルマン侯爵様の兵らしい人達が目に入った。館内は散々荒らされており、床や壁が崩れている。

「も、もうこれ、手遅れだったんじゃ……」

ギルベインさんが、自身の手の指を噛んで、不安げに周囲を見回す。

「お前達、冒険者……か？」

倒れていた兵の一人が、うっすらと目を開けて僕達を見る。意識のある人が残っていたようだ。

「き、君ぃ！　ここで何があったのだい？」

「逃げ、ろ……。この館にもう、安全なところはない……タルマン侯爵様も、既に……」

「オオオ、オオオオオオッ！」

兵士の声を遮り、咆哮《ほうこう》が響く。近くの扉を破り、土人形が僕達へと襲いかかってきた。

「で、出た……！　この化け物は……恐ろしく頑丈な上に、再生するんだ！」

兵士が目を大きく見開き、悲鳴のような声を上げた。

「おまけに恐ろしい程の膂力を……！」

僕は腕を振るい、精霊融合の触手で殴り付けた。土人形は飛んでいき、壁に激突して爆散した。

亀裂の走っていた壁に大穴が開く。

「恐ろしい程の膂力を……えっと……」

兵士の男の人が、パクパクと口を開く。

「……こ、侯爵様の館を壊しちゃいましたけれど、これ、弁償とかにはなりませんよね？」

大きく開いた穴に驚き、僕は口許を覆った。

「大丈夫だよ、マルク君。これだけ壊されてるんだ、今更壁の一つや二つ……」

そのとき、二階に続く階段から足音が響いてきた。

「冒険者が来ましたか。逃げずに来るとは愚かなこと……功を焦りましたか。どうせ貴族間の揉《も》め事《ごと》など、あなた方には関係がないというのに」

綺麗なエメラルド色の髪が揺れる。男は静かに首を振ると、ゆっくりと目を開く。優しげな眼とは裏腹に、口許には邪悪な笑みを浮かべていた。

「ひぃっ！　お、お前は、あのときの……！」

ギルベインさんが、素早く僕の背後へと隠れて、背を屈める。

「好奇心は猫をも殺す。ここに立ち入った者は、例外なく殺せというご命令です。安っぽい正義の代償が高くつきまし……」

「あなたは……〈静寂の風ダルク〉！」

僕は彼の名前を呼ぶ。ダルクは羽根帽子を上に傾け、大きく目を見開いて僕を見る。

「ふっふっふっ」

ダルクは唇に指を当てて優雅に笑むと――それから一気にその場で反転し、勢いよく階段を駆け上がっていった。

「来るとは思っていたけれど、なんでこうも私ばかり、あの少年とかち合うんだ！」

風がダルクを包み込み、彼の移動を手助けする。彼の得意とする魔法……〈浚《さら》い風《かぜ》〉だ。

『逃がすな、追うぞマルク！』

「三度も逃げられるわけにはいかない！」

　僕とネロも、ダルクを追って階段を駆け上がった。

「わ、私を一人にしないでくれ、マルク君！」

　後からギルベインさんが必死に追い掛けてくる。

5

「待て！」

　僕はダルクの後を追い掛けながら、彼の背を目掛けて〈炎球〉を放つ。

　ダルクは風魔法と精霊融合の翼の合わせ技で回廊を飛び回り、間一髪というところで僕の〈炎球〉を躱《かわ》していく。館の中には、先程僕が倒したのと同様の土人形が徘徊《はいかい》していたが、こちらはあっさりと精霊融合の触手で撃破することができた。

「ゼータの土塊兵が足止めにもなっていないなんて、冗談じゃない……。あの子とまともに戦ったら、私の方が持たない！」

　ダルクは必死の形相で、館の奥へ奥へと逃げていく。

　風魔法を移動に用いている分、ダルクの方が遥《はる》かに速い。屋内だからギリギリ見失わずに済んでこそいるが、追い付ける気がしなかった。

僕の魔法制御能力では、風を纏って飛び回るダルクを仕留められない。

館を徘徊する土人形は〈不滅の土塊ゼータ〉の土鎧に似ていた。ゼータと同様に再生能力も持っているようなので、どうやら彼女の能力によるものらしい。侯爵邸に囚われていたゼータは既に、ダルク達の手によって解放されてしまっているようだ。

「……向こうも超一流の精霊使いのはずなんだけれど、さすがにマルク君と正面から戦うつもりはないみたいだね」

後ろから追いかけてくるギルベインさんが、そう口にした。

「にしても……妙だね。あの男……ダルクは、本気で逃げるつもりなら、窓を見つけて風魔法で逃走を図った方がいいはずだ。それが、館の奥へ奥へと向かっている。まさか、私達を引き付けて誘導しているのか？」

「僕達を誘導……？」

確かにギルベインさんの言う通りだ。

ダルクは精霊融合によって、精霊の翼を得て、自在に空を飛び回ることができる。本気で逃げたいのならば、ダルクが屋内に拘っているのはおかしい。

「風魔法〈嵐王球〉！」

ダルクは手のひらに白い風の球を浮かべると、壁へとぶつけて崩し、その先へと逃げ込んでいった。

僕も続いて壁の穴へと飛び込む。

「やっぱりおかしい。別の進路もあったのに、わざわざ魔法攻撃で道を作るなんて。マルク君、ダルクは明確な目的を持って動いているとしか思えない！」

僕の背後から、ギルベインさんがそう声を掛けてきた。

『マルク、前である！』

ネロの警告に、僕は咄嗟《とっさ》に精霊融合の触手で前面を覆う。

空中に、黒い風変わりな鎧を纏った人物がいた。大きく振り上げられた片刃の剣が、触手へと叩きつけられた。

「ぐうっ！」

触手越しに鎧男の剛力が伝わってくる。僕は触手で鎧男を払いながら、背後へと飛んだ。

男と僕の間に、どさりと何かが落ちた。精霊融合の触手だった。

僕は息を呑んだ。どうやら鎧男の刃を防いだ際に、切断されてしまったようだ。触手は出鱈目《でたらめ》な動きで床を跳ねた後、すうっと光に包まれて消えてった。

「ネロの触手が、斬られた……？」

「ほう……某が仕留め損ねるとは。ダルクの慌てようからも、そちが例の少年、マルクと見受ける」

鎧男は後方へ振り返り、逃げていくダルクへと目を向けた。

「その少年は頼みましたよ、黒武者！　必ずやここで処分してください！」

ダルクはそう叫ぶと、先の通路の窓を破り、精霊融合の翼を広げて飛んで行った。

『……ギルベインの予想が当たったか。どうやら、この男とマルクをぶつけるのが狙いであったらしい』

ネロが前方の鎧男へと牙を剝く。

「あなたも〈真理の番人〉の仲間ですか？」

「如何《いか》にも。某は黒武者……人を斬る、黒き鬼。強者と相見《あいまみ》えることだけが某の喜び」

鎧男……黒武者が、そう口にした。

黒武者は奇妙な装備をしていた。鎧も兜《かぶと》も、僕が知っているものとは造形が大きく異なる。

顔には防具の一部なのか、黒い鬼の仮面をしていた。彼の剣も見慣れない形をしている。

「片刃の剣なんてあったんだ……」

『あの装備……この国のものではないな。あれは刀というものである。どうやら異国の剣士らしい』

ネロがそう解説してくれた。

「童《わらべ》とはいえど侮りはせんぞ、マルク。一人の武人として相手をさせていただく。あのダルクをあそこまで脅えさせるとは只者《ただもの》ではない」

「やっぱりあの男……マルク君に脅えていたのか……」

　追い付いてきたギルベインさんが、距離を保ったところからぽつりとそう口にした。

「某は戦いに魅入られ……強さに憑《と》りつかれ、外道へと堕ちた身。修羅として生きるのは望むところ。だが、一つ問題があった。某は強くなりすぎたのだ。気が付けば某は、戦いではなく、ただ無為な殺戮《さつりく》を繰り返していた」

　黒武者はそう言うと、片刃の剣……刀を僕へと構えた。

「久々に思い出せそうだ！　死闘というものの感覚を！」

『気を付けよ、マルク！　こやつ……ダルクやゼータよりも危険な匂いがするぞ！』

　ネロが僕へとそう忠告した。

　僕は黒武者を睨みながら、小さく頷いた。

　ダルクの狙いは、僕を黒武者に擦《なす》り付けることだった。つまり、ダルクは黒武者ならば僕に勝てると確信していたのだ。恐らくこの男……僕が一度は勝った、ダルクやゼータよりも強い。

6

「ゆくぞ童よ！　そちの武人の魂、しかと見させていただく！」

　黒武者が床を蹴り、僕の目前へと躍り出る。

「うっ！」

黒武者の刀はネロの触手さえ両断する。

下手に防ぐこともできない。僕は触手で床を叩き、その反動で移動して黒武者の凶刃から逃れた。

「〈炎球〉！」

距離を取り、すかさず魔法攻撃を放つ。

この人は動きが速い上に、刀の威力も絶大だ。触手でガードしても容易く崩される。近距離に持ち込まれるのは危険だ。

刀の間合いで戦わず、魔法攻撃で牽制《けんせい》しつつ、触手で隙を突くしかない。魔法攻撃を仕掛け……

避けたところを触手で叩く！

「無駄なことよ……ふんっ！」

だが、黒武者は僕の〈炎球〉を避けず、鎧で受け止めた。

「嘘……っ!?」

炎が爆ぜて、視界が潰れる。

僕の魔法は契約精霊であるネロのマナによって強化される。鎧越しとはいえ、直撃を受けて無事で済むわけがない……そのはずだった。

「逃げ回るだけでは某には勝てぬぞ！」

爆炎を突き抜けて、黒武者が姿を現した。

「そんな……！　ぐっ！」

咄嗟に左袖から伸ばしている触手で、黒武者の刃を防いだ。受け止められたように見えたが、次の瞬間、触手に切れ目が入ったのがわかった。

僕は慌てて首を横倒しにする。触手が切断され、迫る刃が頬を掠《かす》めた。

「なんと頑丈な精霊体よ。もしそれが並の盾であれば、首ごと叩き斬れていたのだがな」

あの鎧……僕の魔法攻撃を耐えられるのか。

おまけに黒武者の刀は、ネロの触手をも斬ることができる。

一見僕の方が、攻守共に後《おく》れを取っている。だが、それで僕に手立てがなくなったわけではない。

精霊融合の触手は、すぐに再生させることができる上に、その長さも自在だ。僕の方が手数で勝っている。僕は触手を斬られても、即座に逆の腕で反撃ができるのだ。

僕は右腕を動かし、黒武者へと目掛けて触手を放った。黒武者は至近距離からの反撃に対応が遅れ、胸部で触手を受けることになった。

「むっ！」

僕は触手で黒武者を弾き、壁へと叩き付ける。壁が崩れ、土煙が上がった。

「よし、当たった……！」

ネロの触手を至近距離から受けたのだ。さすがに頑丈な黒武者とて、無事で済むわけがない。

……そう思っていたのだが、黒武者は土煙の中から平然と立ち上がった。

「なるほど……なかなかの速さ。これは攻め方を少々捻らなければ。童よ、誇るがよい。某をここまで楽しませてくれた者は久しくなかったぞ！」

「全くダメージの入った様子がない……」

黒武者の鎧は、傷一つすらついているようには見えなかった。

僕の攻撃手段は、魔法攻撃と精霊融合の触手くらいである。この二つで全くダメージを与えられないのであればやりようがない。

やっぱりもっと本格的に魔法の修練を積むべきだったのかもしれない。精霊使いとしての戦い方についても、ネロや他の冒険者の人からもっと助言をもらうべきだった。

或《あ》るいは、ギルベインさんの言っていたように、僕に適した武器を手に入れることができていれば、もっと何かやりようもあったのかもしれない。

「童よ、驚いた様子だな。この甲冑は万物を受け止める魔鎧〈闇竜〉……そしてこの刀は、万物を断ち切る魔刀〈月蝕〉！　どちらも某の故国、ヒイズルの国宝なり。この双方を手にした某こそ、天下無双の武人……真の強者！」

黒武者が刀を掲げてそう叫ぶ。

「異国の国宝……」

万物を受け止めるだの、断ち切るだの、大仰な触れ込みではある。だが、それがただの大法螺《おおぼら》でないことは、先の戦闘で散々痛感させられていた。

『……決定打がないのであれば、さすがに分が悪い。ここは逃げるしかない……か』

　ネロが悔しげにそう漏らす。

「マ、マルク君、その男は放置して、タルマン侯爵様を捜しに行こう！　あんな出鱈目な装備で身を包んでいる奴、手の付けようがない！」

　ギルベインさんが、遠くから声を張り上げてそう助言してくれた。

　こんな危ない人を放置しておきたくはないけれど……倒せる見込みがないのであれば、ずっと戦っていてもいずれは僕が敗れるだけだ。ギルベインさんの言う通り、ここは一度逃げるべきだ。

　僕はタルナート侯爵家を守るために〈真理の番人〉と戦っている。その優先順位が逆転してしまっては本末転倒だろう。

「某が逃がすと思うてか？　久々の手応えのある強者との邂逅《かいこう》……みすみす逃すつもりはない。我が魔刀の錆《さび》となるがよい」

　黒武者が刀を構える。ふとそのとき、一つの考えが僕の頭に過《よぎ》った。

「あるかもしれない……あの鎧を攻略する方法」

『マルクよ、真《まこと》か？　しかし、どう打ち破るつもりなのだ』

「某の魔鎧〈闇竜〉を突破できると？　童……そちはどこまでも某を楽しませてくれる。やってみせるがよい！」

黒武者が僕へと突進してくる。僕は触手を地面へ打ち付け、その反動を利用して壁や床を飛び回って逃げる。

「どうした？　逃げ回ることしかできぬのか！　某を失望させてくれるなよ！」

近距離で戦い続ければ、いずれ触手ごと叩き斬られる。それに、こちらの思惑が悟られれば、策を通すのは難しくなる。

今は可能な限り意図を隠し……黒武者を焦らす。逃げ回っている内に、僕はついに壁際へと追い込まれた。

「触手の動きはもう見切った！　そちの移動方法も、速さはあるがどう足掻《あが》いても単調になる！　もはや後はないと思うがよい！　さぁ、どうする童！」

向かって来る黒武者に対し、僕は炎の呪印文字を浮かべた。

「この魔鎧〈闇竜〉には、魔法攻撃など通じぬと……」

「〈炎球〉！」

僕が撃ったのは、黒武者ではなく、彼の足場だ。

「むっ……」

僕は敢えて狭い通路へと追い込まれたのだ。僕も逃げられないが、黒武者もまた僕からの反撃を避けるだけのスペースがない。攻撃など鎧で防げると考えていたのだろうが、こうして足場を崩せば落下は免れられない。

崩壊する床に呑まれ、黒武者が下へと落ちていく。ここは館の二階層だ。床の崩落に呑まれれば、一気に一階まで落ちることになる。あれだけ大層な鎧だ。さぞ重量もあることだろう。

「そうか！　落下の衝撃なら、鎧に損傷がなくても中身にダメージが通る！　奴とて無事には済まない！」

ギルベインさんが嬉《うれ》しそうにそう口にした。

一階に落下した黒武者へと、崩れた床や壁が、雪崩《なだれ》となって落ちていく。あっという間に彼の姿が瓦礫の山に埋もれていく。

「なるほど……風雅な策よ」

一筋の線が走ったかと思えば、瓦礫が周囲へと舞い、黒武者が姿を現した。彼は一階へ叩きつけられたというのに、ピンピンしていた。

「しかし、この手で某を葬ろうというのならば、最低でもこの十倍の高さと瓦礫がなければ……」

「ここだっ！」

僕は一階へと飛び降り、黒武者の死角より、彼へと触手を伸ばした。

「力押しの攻撃は、某には通じぬと……」

黒武者が僕を振り返ったとき、触手は彼の刀に絡まっていた。

「ぬ……！」

右の触手で黒武者の刀をしっかりと押さえ、左の触手で黒武者の鎧をぶん殴る。ついに黒武者の

7

手許から刀が離れた。

「某を一階に落として瓦礫で埋めたのは、刀を奪う隙を作るためだったか……！」

前日にギルベインさんより、武器について指南してもらえていたのが大きかった。

僕は刀を握り締め、自身の腕にネロの触手を絡める。

黒武者は自身の鎧を『万物を受け止める魔鎧〈闇竜〉』と称していた。その言葉が本当であるのならば、攻略することは不可能かもしれない。

だが、刀についても『万物を断ち切る魔刀〈月蝕〉』と称していたのだ。この刀――〈月蝕〉の力であれば、魔鎧〈闇竜〉も貫けるかもしれないと思ったのだ。

「なんと、風雅な……！」

「はぁぁぁぁあっ！」

触手で腕を引き、威力を底上げした刀の一撃をお見舞いする。瓦礫の山が吹き飛び、床と壁に大きな亀裂が走った。

「見事……！　マルクよ……そちこそ、真の武士《もののふ》なり……！」

黒武者の仮面に罅《ひび》が入り……魔鎧〈闇竜〉が砕け散った。

黒武者は床の上に仰向けに倒れた。破損した鎧の間からは血が流れ出ている。

「ど、どうにか勝てた……」

僕は刀を持つ手を垂らし、息を整える。

「常は使い手が刀を選ぶ……。しかし、人の想いの込められた名刀は、逆に使い手を選ぶもの……。某は器ではなかったか」

黒武者は苦しげに言葉を発する。

「持っていくがいい……童よ。月さえも喰《く》らう魔刀……〈月蝕〉は、そちにこそ相応しい」

「……僕は〈真理の番人〉の敵ですよ?」

「拙者は名と共に信念を捨てた、ただの人斬りの鬼……」

黒武者は腰から鞘を外すと、震える腕を伸ばして僕へと向けた。僕はそれを、恐る恐る受け取った。

「ヨハン殿の語る、強き者だけの理想郷……。真にヨハン殿が器に足る人物か否か、そちが確かめるがよい」

ヨハン殿……。

初めて聞いた名前だ。彼が〈真理の番人〉のリーダーなのだろうか?

「……ありがとうございます」

僕が頭を下げた、そのときだった。

「ふぅん！」

ギルベインさんが、黒武者の頭部へと大きな壺《つぼ》を振り下ろした。

「ぬうっ⁉」

鈍い音が響き、黒武者の顔が横へと倒れた。完全に意識を手放したようだった。

「ギ、ギルベインさん、何を……！」

「い、いや、もし起き上がられたら面倒だから……とりあえず昏倒《こんとう》させておこうと。重傷には見えたけど、生き埋めにされてあっさり出てくるくらいにはタフだったから、一応……」

『その気持ちはわからんでもないが、今この流れでやることか……？』

ネロが呆れたようにギルベインさんを見上げる。

「そっ、それに、長話をしている場合じゃないよ。まだ他の〈真理の番人〉はこの館内に居座っているはずだし……！」

「だ、大丈夫ですよ、ギルベインさん。その、責めてるわけじゃありませんから……」

僕はそう言ってから、受け取った鞘へ目を落とす。もう一度小さく黒武者へと頭を下げてから、腰のベルトに鞘を噛ませて、そこへ〈月蝕〉を差した。

その後、僕達は館の捜索を再開した。

「オオオオオッ！」

三体同時に〈不滅の土塊ゼータ〉の兵らしい土人形が迫ってくる。僕は〈月蝕〉を抜き、三体纏めて叩き斬った。綺麗に上体を斬り飛ばされた土人形は、すぐにその輪郭を崩す。

「……本当にとんでもないね、その刀」

ギルベインさんが、若干引き気味に口にする。

「ギルベインさんの助言のお陰です。あれがなかったら、きっと咄嗟に相手の剣を奪おうとは思えませんでした」

「私のお陰…？　そ、そうかい！　そういうことにしておくか！　はっはっはっ！」

ギルベインさんはちょっと嬉しそうに笑った。

「しかし、この土人形は厄介だね。いや、マルク君にとってはそうではないだろうけれど……侯爵邸の惨状はほとんどあの土人形の仕業みたいだからね。この質の兵を無尽蔵に生み出せるのを、放置しておくわけにはいかないよ」

「ゼータの討伐と、タルマン侯爵様の確保を優先した方がよさそうですね」

とは言ったものの、両者共どこにいるのかわからないため、行き当たりばったりで行動する他ないのだが……。

「それから、さっき逃げられたあの風男も……！　ううん……あの風男は、別に優先しなくていいか……。いや、強いし危険なんだろうけど……うん……なんだか、あんまり強くなさそうなイメージがなあ……」

ギルベインさんは近くの窓を見つめて、ぶつぶつと呟《つぶや》く。

〈静寂の風ダルク〉のことだろう。……凄い勢いで逃げて行ったけれど、そもそもダルクは今、この館にいるのだろうか？

そのとき、通路全体が大きく揺れ始めた。何事かと、僕は周囲を警戒して身構える。

「我の討伐と、タルマンの確保が最優先とは……互いに手間が省けたようだ」

聞き覚えのある声と共に、天井が崩落した。二メートル半はある、禿《は》げ頭《あたま》の巨漢が僕達の前に現れた。〈不滅の土塊ゼータ〉の土塊の鎧だ。

ゼータはその巨腕に、壮年の男の人を握り締めていた。豪奢《ごうしゃ》な貴族服を纏っており、白に近い金の髪をしている。傷だらけでぐったりとしていた。

ギルベインさんが、男の人を見て叫ぶ。

「タ、タルマン侯爵様！」

「ゼータ！」

僕はゼータの前に出た。

「会いたかったぞ、マルク……！　我に敗北は許されておらんのだ！　我が信念のため、〈真理の番人〉のため、雪辱を果たさせてもらう！」

ゼータはそう吠えると腕を床へと振り下ろし、タルマン侯爵様を壁へと投げ捨てた。ギルベインさんが慌てて飛んでいき、彼が壁に衝突する前に受け止める。

「ふ、ふぅ、危なかった……！　お、おい、君ィ！　タルマン侯爵様が狙いではなかったのか！

こんなっ、無意味に乱暴なっ！」

　ギルベインさんは非難げにゼータを指差し、ブンブンと腕を振るう。ゼータに睨まれると、ギルベインさんはすぐに首を竦めて小さくなった。

　ゼータはすぐに僕へと視線を戻す。

「侯爵領など、我らが王国を支配するための足掛かりに過ぎぬ……。我らの正義は、信念は、我らが絶対的な強者であること！　我らの決して穢されてはならぬ、絶対の信条！　マルク……我が全てを賭して、今度こそ貴様を葬る！」

8

「土魔法〈神魔巨像〉！」

　ゼータを中心に大きな魔方陣が展開された。膨れ上がるゼータの巨体が館の壁や床を破壊し、その瓦礫を呑み込んで更に大きくなっていく。

『切り札をいきなり切ってきたか！　奴からは、強い信念を感じる……。この戦いに全てを賭す覚悟があるようだ。こうしたニンゲンは強いぞ……マルクよ。油断するな』

　ネロがゼータをそう評する。

「信念だとか、正義だとか、難しいことはわからないけれど……僕はあの子には、絶対に負けないと思う」

僕はそう口にしながら刀を抜いた。ゼータの顔が怒りで大きく歪《ゆが》む。

「我を愚弄するか！」

ゼータの巨大な腕が僕へと迫ってくる。以前よりも遥かに速い。

僕は触手を纏った腕で刀を振るった。

ゼータの巨大な腕に切断面が走る。斬られた衝撃で背後へ飛んだゼータは、その巨軀を柱へと打ち付けて館を揺らした。

「黒武者の刀……〈月蝕〉か。偉そうにしておったが、奴も敗れるとはな！　だが、そのお陰で我に復讐《ふくしゅう》の機会が舞い込んできたのだから好都合よ！」

周囲の瓦礫が集まり、あっという間にゼータの腕が再生する。ばかりか、次々に館を崩壊させていき、どんどんと腕の数を増やしていく。

土塊の巨人はその姿を変容させ、三面六臂《さんめんろっぴ》の異形を象った。

「なんだ、あの姿……こんなこともできたのか」

「この姿であれば死角はない！　前のように手足を削いで持ち上げることも叶《かな》わぬぞ！」

ゼータが吠える。

『……状況が悪いな。奴はいくらでも館の残骸で身体を補修できる。それに何より……契約精霊由来の再生能力も、以前と桁違いである。恐らく奴は、生命維持に必要なマナさえ、この戦いのために投じておる。逃げて時間を稼げばマナ不足で死ぬだろうが……引き換えに辺り一帯が更地になるであろうな。都市の中央である今、取りたい作戦ではない』

「そっか……じゃあ、早めに終わらせてあげないとね」

僕の言葉に、ゼータが目を見開く。

「この期に及んで、よくぞそのような言葉がほざけたものだ！」

ゼータの巨大な多腕が飛んでくる。僕はネロの触手を用いて飛び回って移動し、辛うじて攻撃を躱していく。

避けきれなかった土塊の腕を、僕は身体を捻りながら刀を振るい、どうにか斬り飛ばした。床に着地したとき、僕の横にネロが降り立った。

『その刀であれば、あのデカブツでも斬れるだろうが……。参ったな、まるで近づける隙がない。激昂《げきこう》しておるというのに正確な攻撃だ。ニンゲンの信念のなせる業か』

「どうしてあの子が侵略戦争なんかに命を懸けているのか僕には理解できないよ」

「この世界を在るべき、正しき形に導くための聖戦である！　強者が栄え、弱者が滅びる！　それは生ある者がいずれ死するが如き絶対の真理！　だが、今の王国は、秩序という建前の許に、卑劣な弱者が群れ、強者を虐げている！　世界を絶対的な力が支配する……自然な形へと戻す！　それが我ら〈真理の番人〉の使命！」

ゼータが土の多腕を放ってくる。僕はそれをどうにか凌《しの》ぎながら、彼女の言葉を聞いていた。

「そうか……だから君は、そんなおっかない外見の土塊にずっと隠れていたんだね」

「なんだと……？」

「強くなければ自分の主張を守れないから……せいいっぱい、自分の描いた、強い自分を主張していたんだ。黒武者は力に呑まれたと自称していたけれど……君はまるで、力に縋《すが》っているみたいだ」

「ほざけ！　貴様に何がわかる！」

一層苛烈にゼータの多腕が飛んでくる。

『奴の守りが、やや崩れた！　勝負を決めに来たようだ！』

ネロの叫び声と共に、僕は前に出た。

壁や床、天井を触手で弾き、一気にゼータへと接近していく。触手で身体を守り、やや強引にゼータの多腕を往《い》なした。

「ぐう……何故、何故、攻撃が当たらん！」

「……悪いけど、これで終わりだよ」

ゼータの巨体と接触し、僕は刀の一閃《いっせん》を放った。大きな土の身体に斬撃が走り、館の一部を呑み込みながら全身が崩れていく。その残骸の中に、ゼータの本体である少女が、血塗れで倒れていた。

僕の背後にネロが立つ。

『よくやったぞ、マルク！　……だが、少々危うかったぞ。確かに絶対の防御力を誇っている奴とはいえ……マナ消耗が激しい今の状態では、どこかで攻勢に出ざるを得ない。挑発してそこを引き出して叩くのはよかったが、それでも強引に接近し過ぎである』

「長引いたら館が完全に崩れちゃいそうだったし……それに、あの子の命にも関わるだろうって話だったから」

『やはりマルクは少々甘すぎるきらいがあるな』

ネロが呆れたふうに息を吐いた。

「貴様に、何が、わかる……。世間知らずの、ガキが。弱者に祭り上げられ、英雄気取りか？」

ゼータが呻《うめ》き声《ごえ》を上げる。

「さぞ生温《なまぬる》い地で生まれ育ったか。しかし、貴様もいずれ知るだろう。この王国では、力を持つ者は二分される……。兵器として利用されるか……危険分子として迫害されるか、その二つに一つ……。我の理解者は……居場所は、ヨハン様だけだった……」

「……僕も村では一人ぼっちだった。悪魔の子だって呼ばれて……神様への生贄《いけにえ》として生かされていたんだ」

「だったら、何故……！　何故我らの邪魔をする！」

ゼータが怒りを顔に浮かべ、僕を睨む。

どうしてこの子に負けないと思ったのか、今わかった。ゼータは僕と少しだけ似ていた。

ただ、彼女は色んなものを諦めて……世界を敵と味方に二分して捉えていた。
その理由が僕にはよくわかる。きっと、そうやって他人に期待することを諦めてしまった方が、楽だったからだ。そうして他者から逃げて、自分の殻に籠もってしまった彼女に、僕は負けたくなかったんだ。

「小さい頃……寂しくてよく、家の近くを通った子に声を掛けてたんだ。いつも無視されていたけどね。でも……昼に無言で通り過ぎて行った子が、夜遅くに僕の家に来たことがあった。『見張りの人がいたら親に密告されるから、いつも無視してごめん』って……お菓子をくれたんだ。些細《ささい》なことだったけど……それが僕は、凄く嬉しかった」

「…………」

「君の居場所が〈真理の番人〉にしかなかったんじゃない。きっと、君がそれ以外を見なかったんだよ。僕は君には、絶対に負けたくないと思った。だって『強くなければ居場所がない』なんて考え……あまりにも寂しすぎるよ」

「我……は……」

ゼータは何か言い返そうと口を動かしたようだったが、それ以上言葉は出なかった。
気を失ったらしく、ゆっくりと目を閉じ、動かなくなった。言葉を発するだけの力が残っていなかったのか……それとも、返す言葉がなかったのかはわからない。

第五話　毒霊竜ヒュドラ

1

「タルマン侯爵様、立ち上がれますか？」

「どうにか……な。クソ、あの考えなしのテロリスト共め」

ギルベインさんが、タルマン侯爵様の身体を支え、彼が立ち上がる手助けをする。

「話には聞いていたが、お前が噂《うわさ》の少年冒険者……マルクか。見事な戦いだった。このまま吾輩《わがはい》を連れて、この館を脱出してもらいたい。謝礼はいくらでも支払おう」

タルマン侯爵様が、僕を見ながらそう口にする。

「侯爵様……お言葉ですが、このままこちらの少年……マルク君には、館に残ってもらった方がよろしいかと。外へは私がお連れいたしますよ」

ギルベインさんが、タルマン侯爵様へとそう提案する。

「ほう、その訳は？」

「彼は今見ていただいた通り、規格外に強い子で……！　このまま〈真理の番人〉とやらを倒してもらいつつ、館の他の方々の救出を進めてもらった方がいいはずです」

「なるほど、魅力的な提案だな。だが、断らせてもらう。二人共吾輩の護衛に付け。これは命令だ」

　タルマン侯爵様は、迷いなく、あっさりとそう決断した。

「え……し、しかし、ここで連中を逃がせば、将来的な被害が……」

「吾輩が、我が身可愛さでこんなことを口にしておると？　奴らは、本気でこの領地を狙ってお る。必ずやタルナート侯爵家の血筋を武器に、侵略行為の正当化を持ち出すはずである。現当主で ある吾輩が命を落としてこの事件が尾を引けば、どんな血みどろの争いがこの地で繰り広げられる ことになるのか、わかったものではない。被害を考えるのならば、最優先で防がなければならんの は吾輩の死である」

　タルマン侯爵様は淡々とそう口にする。まるで、聞き分けのない子供へと説明しているかのよう であった。

「……マ、マルク君がここから出れば、恐らく、他の人達は助かりませんよ？　連中は、タルナー ト侯爵家の血を引き……精霊使いの高い素養を持つ、ティアナ嬢を狙っている。お嬢様も既に連中 に捕らわれているのでは？」

　ギルベインさんは弱々しい口調で、タルマン侯爵様の説得に掛かっていた。

　僕もギルベインさんと同じ気持ちだった。

　確かにタルマン侯爵様の安全を確保するのも大事だ。だけど……恐らく今までの調子だと、〈真 理の番人〉の凶行を止められるのは、この館に僕しかいない。

僕がタルマン侯爵様と共にここを去れば、残された人達はほぼ間違いなく犠牲になる。タルマン侯爵様が都市外まで逃げるつもりであれば、その被害は更に増大するかもしれない。

「だからどうしたというのだ？　くだらん……我々貴族にとって、情など二の次。優先すべきは、王家に賜ったこの領地を守ることだ。子など、死ねばまた増やせばよい。痛手ではあるが、吾輩の死よりは遥《はる》かに軽い」

タルマン侯爵様の言葉に、僕は自分の口許が歪《ゆが》むのを感じていた。

言っていることは正しいのかもしれない。だが、あまりに非情なその物言いには、とても共感できなかった。きっと、この人とは絶対に分かり合えないだろう。

「……ティアナ様が悲しそうにしていた理由が、あなたを見てよくわかりました」

「フン、力を持つ者には、相応の責任が伴うのだよ。平民のお前にはわかるまい」

タルマン侯爵様は僕の言葉を鼻で笑った。

「そもそもお前が先程口にした、ティアナに限っていえば、死んだところでさして損失はない。あいつの母親は男爵家の出であったから、死なせたとてそちらの家から非難を受けることもない。マナが高いとはいえ女であれば跡継ぎにはできんし、騎士や兵にするのも外聞が悪い。囮《おとり》や餌としては丁度よかったが、吾輩が他貴族と婚約させて内輪揉《うちわも》めを誘うのに使ったせいで曰《いわ》く付《つ》きの女になってしまったからな。結局婚約は破棄に至ったが、もう同じ手も使えん」

「そんな……！」

「今回の事件……あいつのマナの高さが精霊崇拝の邪教に目を付けられる一因になった恐れがある以上、この辺りで死んでもらった方が侯爵家のためだ。重宝していたが、やはりあいつのマナは我が家では持て余すらしい。危険思想の団体に捕まって、邪悪な精霊の召喚にでも利用されては大事だ。下手に生きて誘拐された方が厄介だな」

僕は唇を噛《か》み締《し》めて、タルマン侯爵様の顔を睨《にら》んだ。

冷たく、厳格な人なのだろうとは、なんとなくティアナ様の様子から察していた。しかし、ここまでだとは思わなかった。

「立ち話が過ぎたな。早く吾輩を安全なところまで護衛せよ。お前にはその力があるのだろう？　褒美はいくらでも出すと、そう言ったのが聞こえなかったか？　それとも……領地を救った英雄から、吾輩の命令に背いて領地を窮地へ追いやった、大罪人にでもなってみるか？」

「マルク君……まずいよ。私も思うところがないわけではないが、とにかく、この場は侯爵様の言葉を聞こう。いくら君の力があっても、王国から追われる身にはなりたくないだろう？」

「……侯爵様は僕が護衛します。ですが、外へは向かいません。この館に残っている〈真理の番人〉の撃退も、このまま続けます」

僕の言葉に、タルマン侯爵様が顔を歪めた。

「最も愚かな選択だな。くだらん……吾輩が折れるとでも思ったか？　何があろうとも、吾輩は貴族として、情よりも合理を優先する。それで仮に吾輩が生き残っても、必ずお前を、身勝手な気紛れで領地を危険に晒《さら》した大罪人として告発してやるぞ。大人しく吾輩に従え！」

「それで構いません。僕は生まれてからずっと……悪魔の子として、蔑まれて生きてきました。周囲を敵に回すなんて、慣れっこです。王国から罪人として追われることになったとしても……僕は、自分が正しいと思ったものを信じたいです」

「なんだと……？」

「共感できませんけど……タルマン侯爵様、きっとあなたの考えも、王国には必要なものなんだろうと思います。だから護衛は引き受けます。でも、僕はこの館に残されている人達を見殺しにはしたくありません。〈真理の番人〉とも決着を付けたい。その後に、告発でもなんでもご自由になさってください」

「な……！」

タルマン侯爵様は唖然《あぜん》とした表情で僕を見る。

『侯爵よ。そちも相当に難儀な性格をしておるようだが、ここは折れてもらうぞ』

ネロがタルマン侯爵様を見上げる。

『もっとも……本当にそちにとっても恩人である、この大精霊ネロディアスの契約者を罪人として吊《つ》るし上げるような真似をすれば、我は王家との盟約を破って牙を剝くぞ。それが合理的か否か、ゆっくりと考えておくことだな』

ネロが牙を剝いて、タルマン侯爵様を威圧した。

「ぐっ……なんと強情な奴だ！」

タルマン侯爵様は、苦々しげにそう口に出した。

そのとき、僕達の許へと足音が近づいてきた。僕達は一斉に、音の方へと顔を向けた。

僕と同じ年頃の仮面を付けた少年と……ごわごわとした金髪の、大人の男だった。金髪の男は、ティアナ様の腕を乱暴に摑《つか》み、彼女を連れていた。

「ティアナ様！」

ティアナ様は相変わらずの無表情であった。僕の呼びかけに対して、ちらりと視線を返したものの、それ以上の反応はなかった。

「ヨハン、随分と予定と違うではないか！　まだタルマンが野放しになっているとは！　それに、あの白髪のガキ……例のマルクだろう？　黒武者に速攻で叩《たた》かせて処分させるのではなかったのか！」

金髪の男が、顔を赤くして仮面の少年を怒鳴る。

「……なるほど、ゼータと黒武者は敗れたのか。すまないね、トーマス殿」

仮面の少年がそう口にする。

ヨハンに、トーマス……。どちらも聞き覚えのある名前だった。

ヨハンはゼータが口にしていた、〈真理の番人〉の頭目の名だ。どうやら目前の、仮面の少年がそうであるらしい。

そしてトーマスは、ギルベインさんの口にしていた……タルマン侯爵様の、甥《おい》の名前である。かつてトーマスの父が家督争いの末にタルマン侯爵様に処刑され、その際に子供の彼は、身分を剝奪されて領地の外へと追放された、という話であった。

「すまないで済むものか！　何を余裕振っているのだ、ヨハン！　この俺様を巻き添えにしておいて、なんたるザマだ！　〈真理の番人〉は絶対強者の集まりではなかったのか！　いち領地の私兵や冒険者相手に後れを取るなど……！」

トーマスが激昂《げきこう》してヨハンを怒鳴りつける。

だが、ヨハンは表情を変えない。興味深そうな目で、じっと僕を見ているだけだった。

「……チッ、奴らの頭が来たようだな。だから吾輩は、早めに逃げろと言っておったのだ。ご丁寧に、甥のトーマスまでおるとは。命を助けてやった恩を、このような形で返してくれるとは不届き者め！」

タルマン侯爵様が、トーマスを睨んでそう口にする。その後、ちらりと娘であるティアナ様へと視線を移したが、何か声を掛けることはなかった。

「命を助けてやっただと……？　体面の悪い内輪揉めを遠縁の親戚筋から叩かれんように、取り繕っただけだろうが！　ほとぼりが冷めたところで俺様を暗殺するつもりだったことなど、当時の俺様でもわかっておったわ！　だから俺様は、周囲の人間を利用し……あの事件より二十年間、行方を眩《くら》ましておったのだ！」

トーマスが、タルマン侯爵様にそう吠《ほ》える。

「危なげなく領地を乗っ取れると思っていたのに、まさか俺様が出張ることになるとはな！　しかし、よかろう！　父上の野望は、俺様の手で直接成し遂げてくれるわ！　タルナート侯爵家は俺様のものだ！」

　トーマスが両腕を天井へと掲げた。彼の両腕を光が纏《まと》ったかと思えば、紫の異形染《じ》みた巨腕へと変貌した。

「あれは精霊融合……！」

「タルマン……貴様は、我が契約精霊……〈毒霊竜ヒュドラ〉の力で葬ってやる！」

　トーマスが異形の両腕を振り下ろす。巨大な赤い爪が床を大きく抉《えぐ》る。床の爪痕からは紫の液体が広がって侵食し始めており、煙が昇っていた。

「床が、溶けてる……」

『……精霊の魔法毒か。油断するなよ……掠《かす》りでもすれば、致命傷となるぞ』

　ネロが僕へとそう助言してくれた。

「落ち着いてくれ、トーマス。僕は少し……そこの彼と話がしたい」

　ヨハンがトーマスを制し、僕へと指を差した。

「何をふざけたことを！　あのガキこそ、我々の計画を引《ひ》っ掻《か》き回してくれた主犯であろうが！　今更話すことなど、何があるというのだ！」

「ダルクの報告を聞いてから、ずっと僕は彼……マルク君に関心があったんだ。彼はとても強くて、そして清く澄んだ……純粋な心を有している。マルク君……この侯爵邸の襲撃計画、僕は君の見極めを兼ねていたつもりだったんだ」

「ぼ、僕の見極め……？」

「君は見事、黒武者とゼータを倒してみせた。君には〈真理の番人〉の一員となる資格がある！　マルク君……君には、僕と共に来てほしいんだ！」

ヨハンが大きく両腕を広げる。

「マ、マルク君を、〈真理の番人〉に迎え入れる……だって？」

ギルベインさんが大きく表情を歪めた。

「マルク君……君にもわかるだろう？　この世界は不条理や悲劇に溢《あふ》れている。それは何故なのか？　この世界が、あるべき形ではないからさ。どこまでいっても欲が行動原理でしかない人間が、そうではないかのようなフリをして世界の管理者を気取っている……酷く不格好な世界だ。だからこそ歪《いびつ》さが生まれ、人々は争い、不幸の連鎖が続く」

ヨハンが熱を込めて、大仰な身振り手振りを交えてそう語る。

「世界の在り方を根底から変えて、精霊による絶対的な支配を齎《もたら》す。そうすれば、この世界からあらゆる不条理と悲劇を取り除くことができる。人間は欲や争い……罪と罰、あらゆる負の感情から解放される。不自然なものなど何ひとつない、純粋な者達だけの世界で、永劫《えいごう》の平和を享受することができるんだ。夢物語だと思うかい？　できるんだよ、僕にはそれがね。だって僕は、地獄にも等しいこの世界を楽園へと変える……そのために生み落とされた、選ばれた存在なんだから！　神話を書き換え、始祖の過ちを正し、世界を在るべき楽園へと戻す……そのときが来たんだよ」

ヨハンは仮面から露出している右側の目を大きく見開き、恍惚《こうこつ》とした表情でそう続ける。僕はその様子に気圧されて、沈黙を保ったまま半歩退いた。

「マルク君、君は黒武者やゼータ、そしてダルクよりもずっと強く……純粋な存在だ。強大なマナを秘めながら、この世の在り方に心を痛めていた人形姫ティアナこそ僕の右腕に相応しいと目を付けていたのだが、違ったんだ！　マルク君、君には僕の傍らで……その大精霊、ネロディアスの力で、僕が理想を成し遂げるのを補佐してもらいたい！」

ヨハンは両腕を大きく広げ、早口でそう言い切った後、僕へと腕を伸ばした。

『わ、我のことも気づいておったのか……』

ネロもヨハンの狂気染みた気迫に圧《お》されたらしく、警戒するように身体を硬くしていた。

「一切の負の感情から解放された……永劫の平和。僕には難しくてよくわからないけど、それはきっと素晴らしいことなんだろうと思う」

『お、おい、こんな奴の口車に乗るでないぞ、マルク！』

ネロが慌てたように、僕の顔を見上げた。

「ああ、そうだろう、マルク君！　我々は世界の意志へ知恵の実を返し……人類を楽園へと戻す！

救えない穢《けが》れた人間を除いた、選ばれた者達だけの永劫の理想郷を築く！」

「その選ばれた人達の基準は誰が決めるの？」

「心配することは何もないよ。それは真理の精霊が、世界の意志が決めてくれる！　権威者や群れた卑劣な者達が築いた歪んだ秩序ではなく、絶対の真理がね！　僕達はそれを守護する番人となるんだ！」

「その絶対の真理とやらは、何を基準にしているの？」

「何を基準に、だって？　何をそんなに恐れているんだい？　この世界には、遥か古代に人々の世界から遠ざけられた……精霊の王、大いなる絶対的な意志があるんだよ。その大いなる意志による裁きが……！」

「……どうしてそれが、人の心に寄り添えるものだって言えるの？　あなたは強い人や、純粋な人ばかりを救いたいみたいだけど……それはどうしてなの？　僕にはあなたが、自分に都合のいい基準で線引きをしているようにしか見えないよ。ゼータと同じように、見たくないものを見ないようにして、自分より大きい何かに縋《すが》っているとしか思えない」

僕が言葉を続ける度に、ヨハンの顔がどんどんと怒りに歪んでいく。

「何故……何が理解できないんだ？　君は今のこの王国の……醜い惨状こそが、人間が永劫に争い合う運命に囚われたこの呪われた世界こそが、在るべき姿だと思っているのか？　誰かが、やらなければならないことなんだよ、これは！」

「自分の気に食わない人間を全員殺したら平和になるなんて、僕にはただの恐ろしい独善にしか思えないよ。争いをなくすために人間を皆殺しにしてしまうなんて、ただの本末転倒じゃないか。そもそも醜い争いをなくすなんて言って、やっていることはただの暴力による貴族家の乗っ取りだ。残念だけど……僕は、あなたの手なんか取れない」

ヨハンは眉間に皺《しわ》を寄せて激情を露わにしていたが、手のひらで一度顔を覆うと、憤怒の色が消えて無感情な顔へと戻った。

「ふぅ……不条理によって歪められてしまった世界は、不条理によってしか戻せないんだよ、マルク君。しかし、そう言っても納得してくれはしないのだろうね。君は生かしておけば、〈真理の番人〉の大きな敵となるだろう。酷く残念だけれど、理解し合えなかったのならば仕方がない。ここで君には死んでもらうよ」

2

「フン、最初から回《まわ》り諄《くど》いことなんかせず、全員ぶっ殺しちまえばいいんだよ！　黒武者だの、不滅だの、大層な二つ名を掲げてる割にはあっさりと敗れやがって。俺様がそんなガキ、とっとと片付けてやるよ！」

トーマスが僕を睨んで、そう口にする。

「いや、トーマス殿では勝てないよ。君に契約させた精霊……〈毒霊竜ヒュドラ〉は、確かに強大な大精霊の一柱さ。ただ、それを考慮しても黒武者はトーマス殿よりずっと強かった」

だが、ヨハンが口を挟んだ。

「なんだと……？」

「精霊の格ではトーマス殿はマルク君に負けているよ。残念だけれど、僕も大精霊ネロディアスの契約者と正面から戦えるだけの力は持っていないんだ」

「今さっき偉そうに宣戦布告したと思えば、今度は敵いませんだと……？　俺様は、貴様の計画に全てを賭して乗ってやったんだぞ！　今更分が悪いだのとほざかれて、引き返せるか！　あのガキも、タルマンも、この俺様がぶっ殺す！」

「安心してくれ、トーマス殿。大きな計画を起こすときには、切り札を用意しておくものだ。この場で使いたくはなかったけれど、仕方がないね。『侯爵領の乗っ取り』自体は諦めることにしよう」

ヨハンはそう口にすると、左腕を天井へと掲げた。手の甲の精霊紋が輝く。赤紫色の紋章で、ドラゴンが描かれている。

「諦める……切り札……？　おい、ヨハン、どういうことだ！　その精霊紋は、俺様のヒュドラと同じ……！」

「特殊契約だよ。トーマス殿、覚えているだろう？　君の精霊契約の魔術式は、僕が記してやったものだ。本当の〈毒霊竜ヒュドラ〉の契約者は僕なんだよ。君はあくまでも、マナの濃いタルナート侯爵家の血を利用した媒体……生贄《いけにえ》に過ぎない」

「な、なんだと……⁉」

トーマスの腕が赤紫の輝きを帯びる。どうやら彼の手にも、ヨハンと同じ精霊紋が刻まれているらしい。

「君のように権力に拘泥する愚か者に、僕が大精霊の力を与えるとでも？　ヒュドラは僕に従い、君からマナを引き出してこの世界に顕在する。それが僕とヒュドラの契約さ。君なんかの精霊融合ではマルク君には勝てないよ。ただ、大精霊の召喚は燃費が悪くてね。君のマナを、血肉を……魂を、丸ごと捧《ささ》げる必要がある」

「ふざけるなよ、ヨハン！　お、俺様を、ヒュドラ召喚のための捨て駒にするつもりか！　そんなことをすれば、貴様はタルナート侯爵家の血筋を失い、領地の乗っ取りは叶《かな》わなくなるぞ！　か、考え直せ！」

トーマスの身体を、毒々しい赤紫色の光が包んでいく。トーマスは苦しげにその場に膝を突いた。

「ひっ……！」

トーマスから逃げようとしたティアナ様の肩を、ヨハンが掴んだ。

「僕にはまだ彼女がいる。乗り気ではないようだが……なに、全てを片付けてから、ゆっくりとティアナ嬢を説得するさ。それに僕の目的は王国に動乱を齎して秩序に歪みを作り、〈真理の番人〉

が台頭する隙を作ることだ。最悪、大きな事件さえ起こせれば、侯爵領のこと自体は諦めてしまってもいいんだよ。トーマス殿……我々の仲間に、君のような穢れた人間は最初からいらなかったんだ」

トーマスを中心に、赤紫色の大きな魔方陣が展開される。

「ふざけるな……ふざけるなよ！　俺様が……使い捨ての、生贄だと⁉　たっ、助けてくれ、ヨハン！　俺様はこんなところで死ぬ器ではない！　俺様は……！」

「精霊召喚！　さぁ、彼の魂とその血肉を糧に、顕在せよ〈毒霊竜ヒュドラ〉！」

「俺様は、あああ、アアァアアアッ！　グゥォオオオオオオオ！」

トーマスの身体を紫の鱗《うろこ》が覆ったかと思えば、膨れ上がっていく。天井を崩し、全長十メートルはあろうかという巨体へと変貌した。三つの大きなドラゴンの頭部が、僕達を見下ろす。

「いくらネロディアスの契約者といえど、精霊召喚された大精霊に生身では敵わないだろう！　真の世界のための礎となるがいい！」

ヨハンが両腕を広げてそう叫ぶ。

「……二十年前にトーマスを殺し損ねたツケを、こんな形で払うことになるとはな」

タルマン侯爵様がヒュドラの頭を見上げて、絶望したようにそう口にする。

『……これは厄介であるな。今までの敵とは格が違うぞ。魔毒持ちの大精霊とは、さすがに分が悪い……。館から逃げて街へと誘導して距離と時間を稼ぎ、核となっている男のマナが尽きるのを待つのが一番なのだが……そうは言っても、マルク、そちは逃げないのであろうな』

「ごめん……ネロ」

『全く、ほとほと強情な者と契約してしまったものよ。後悔など、微塵《みじん》もしておらんがな！　さて、マルク、やるぞ！』

僕は刀を抜き、ヒュドラと対峙《たいじ》した。

「……ああ、君はこんな状況でも、正面からヒュドラへ挑もうというのか。君のような人間こそ、僕は〈真理の番人〉に欲しかった。君を配下にできなかったこと……心から惜しいと思っているよ。さぁ、ヒュドラ、叩き潰せ！」

ヨハンの言葉と同時にヒュドラが動いた。大きな紫の尾が僕へと目掛けて放たれる。

「速っ……！」

僕は精霊融合の触手で床を叩いてその反動で移動し、寸前のところでヒュドラの尾を回避することができた。ヒュドラの尾は容易く床を削り、壁に大穴を開けて崩す。

僕は息を吞《の》む。今……一瞬反応が遅れていたら、そのまま叩き潰されていた。

「……確かに、今までの相手とは格が違うみたいだ」

「精霊界と現界は世界の在り方から根本的に違うんだ。現界の生物には到達しえない、圧倒的な力……金剛石の如き鱗！　しかし、そんなものでさえヒュドラにとっては本分ではない。真に恐ろしいのはヒュドラの生み出す魔法毒だよ。まさか人間一人殺すために大精霊が召喚されたことなんて、人の歴史にこれまでなかったことだろう。マルク君……これは君への手向《たむ》けだ。ヒュドラの力をたっぷりと味わうといい！」

3

「グゥォオオオオオオッ！」

ヒュドラの三つ首が咆哮《ほうこう》を上げる。

「〈炎球〉！」

僕は炎の呪印文字を宙に浮かべる。すぐには放たず、ネロのマナを引き出して炎の球を大きくしていく。

小さな〈炎球〉ではきっと駄目だ。頑丈なヒュドラの鱗を突破できない。

ヒュドラはその巨大な前脚で、僕に紫の大きな爪を振り下ろしてきた。

「ぐっ！」

僕は触手で床を弾いてヒュドラの攻撃を躱《かわ》す。危なかったが、〈炎球〉を保ったまま死角へと回り込むことができた。

「ここなら……当たる！」

直径五メートルまで膨らませた、最大の〈炎球〉を放つ。

ゴブリン達の砦《とりで》を一発で吹き飛ばしたこともある。さすがの大精霊とて無事では済まないはずだ。

床を削りながら真っ直ぐに向かった大きな炎の球は、ヒュドラの肩に当たって爆《は》ぜた。爆風で土煙が舞う。

『いかん、マルク！　避けよ！』

ネロの叫び声で、僕は咄嗟《とっさ》に背後へと跳んだ。刹那、土煙の中から鋭い鉤爪《かぎづめ》が飛来する。

このままでは避けきれない……！

「うっ！」

僕はネロの触手を盾に用いて、左半身を守る。触手越しに、身体に鈍い衝撃が走った。

『し、しっかりせよ、マルク！』

一瞬意識が途切れ……気が付くと僕は、壁際でネロの触手に抱き上げられていた。どうやらネロが僕の飛ばされた先へ回り込み、壁に叩きつけられるのを防いでくれたようだ。

「ありがとう……危なかったよ」

あのままだと生身で直接壁に叩きつけられていた。そうなっていれば無事では済まなかっただろう。

僕はネロの触手から降りて床に立ち、向かって来るヒュドラを睨む。

「あいつも〈炎球〉で多少はダメージが……」

魔弾が直撃したはずのヒュドラの肩は、表面の鱗数枚に薄く亀裂が入っているだけだった。

「う、嘘《うそ》……」

『……〈炎球〉で奴の鱗を突破するには、同じ部位に十発はぶちかましてやる必要がありそうであるな。黒武者の刀で直接叩き斬るしかあるまい』

十発もあんな火力で魔弾を放つことはできない。先に僕の方のマナが尽きる。

でも、あんな頑強な精霊の竜を相手に、至近距離で戦えるのか……？

斬っても一撃で倒れてくれるとは思えない。大振りした後に、返しの一撃を受けてバラバラにされる。

『お、おい、マルク、いかん！　触手が奴の魔法毒にやられておる！』

ネロの言葉に、僕は左腕の袖から伸ばしていた触手へと目を向ける。大きく抉れた痕ができており、そこから紫色の液体が溢れていた。

「うっ……！」

僕は腕を振り、精霊融合の触手をただのマナの塊へと戻して一旦消すことにした。

『マナの消耗が激しいであろうが、奴の毒を受けた触手は使い捨てにするしかない……。気を付けよ、甘い受け方次第では生身も侵されるぞ。一発もらえば、それで終わりである』

「まだ勝てるつもりでいるのかな？　たかが人間が、ちょっと力を借りたくらいで大精霊に敵うわけがないじゃないか！　大精霊は世界の法則の一部のようなものだ！　僕達矮小《わいしょう》な人間とは、生物としての、在り方の格が違うんだよ！」

ヒュドラの後方でヨハンが笑う。

僕はヒュドラの爪を見る。赤紫色の、毒々しい色の爪をしていた。

その後……あのヒュドラが最初に尾で叩き、破壊した床へと目を向けた。そちらには毒は広がっていなかった。

「……もしかして、あの爪以外に、毒はないの？」

『あの爪は恐らく魔法毒の結晶である。だが、だからといって爪以外に毒がない……とは限らん。奴の本質は、己のマナから凶悪な毒を作り出せることにある。他の手段も有していると、考えるべきであろう』

「そっか……」

てっきり全身が猛毒なのかと思っていた。爪以外に毒がないのであれば、まだやりようはあるかもしれない。

「期待に応えて見せてあげるよ！　〈毒竜瀑布《どくりゅうばくふ》〉！」

ヨハンが叫ぶと、ヒュドラの口の前に、赤紫の魔方陣が展開された。

『奴め……ヒュドラのマナを直接用いて、魔法を……!?』

「グゥオオオオオッ！」

ヒュドラの咆哮が魔方陣を穿《うが》つ。大量の赤紫の毒液が放たれた。

僕は触手で床を叩き、右へ、左へと跳んで毒液を躱す。壁際へと追い詰められて、天井に触手を突き刺して自身の身体を引き上げ、寸前のところで躱した。

僕の立っていた周囲の地面が黒く変色し、溶けていた。直接毒液を放射された部分は大きな溝ができている。

「なんて規模の魔法……」

僕は天井にぶら下がりながら、息を呑んだ。本当に、こんな大精霊が暴走したら、都市一つなんて簡単になくなってしまう。

『我を知っておった時点で怪しく思っておったが、奴め……精霊について恐ろしく熟知しておる。一体あの歳で、どこであれだけの知識を得たというのだ……?』

ネロがヨハンを睨んで、そう口にした。

「さようなら、マルク君。君のことは忘れないよ。〈毒牙水晶〉」

またヒュドラの前方に魔方陣が広がる。魔方陣が宙へ広がるように消えたかと思えば、無数の赤紫の結晶となり、その鋭利な先端を僕へと向けていた。

「こんなの避けようが……!」

僕は天井から飛び降りて瓦礫《がれき》の上に降り立ち、とにかく触手を広げて全身を覆い尽くした。刹那、毒の結晶が暴雨の如く、僕の身体へと降り注ぐ。

その内……幾つかの細い結晶が、触手を貫通したのがわかった。身体に鋭い激痛が走った。

「あ、あが……」

掠めた……毒の結晶が、脇腹と胸部を。身体から急激に、体温、マナ……生命力が抜け落ちていくのを感じる。身体の奥から汗が噴き出してきた。

『マルク……！』

「ふむ、〈毒牙水晶〉をこれだけの被害に抑えるなんてね。精霊融合でこれだけ頑強だなんて、さすがネロディアスの触手だよ。運も君を助けたか。いや、即死できなかった分、不幸というべきかな。微量であっても、人間はその毒には抗えないよ。苦しいだろう？　介錯してあげよう、マルク君」

ゆっくりと近づいてきたヒュドラが、尾を持ち上げて僕へと照準を向ける。頭が痛い……視界が、安定しない。

「マルク君……！　や、止めろぉっ！」

「お、おい、お前！　吾輩から離れるな！」

タルマン侯爵様の護衛をしていたギルベインさんが、剣を振り上げてヨハンへと襲い掛かる。いつもの黄金剣は僕が壊してしまったため、侯爵邸内で拾った私兵の剣だ。

振り下ろされたヒュドラの尾が床を叩き、その衝撃でギルベインさんを吹き飛ばした。

「ぶふぉっ！」

ヨハンは退屈そうな目をギルベインさんへと向ける。

「小物が。万が一僕を殺しても、ヒュドラは止まらないよ。マナの供給源はトーマス殿だし、契約者の指揮が途絶えた後のことも契約には織り込んである。何の意味もない行為だ。非生産的な弱者の慰めを、僕は心底侮蔑する」

「無意味じゃありませんよ……」

僕は刀を構えた。ギルベインさんが時間を稼いでくれたお陰で、どうにか立ち上がることができた。

「ギルベインさん、ありがとうございます」

「おや……まだ動けるのかい？」

ヨハンが目を丸くする。

『マルクよ、マナで対抗するのだ！　魔法毒はマナ自体が抗体となり得る！　我が領域で鍛えたそなたのマナと、我の供給するマナさえあれば、数分は持ち堪えられるはずだ！　ヒュドラさえ精霊界に追い返せば、奴の毒はただのマナへと分解される！』

ネロの言葉通り、魔法毒に対抗するイメージでマナを循環させながら、呼吸を整える。マナの消耗は激しいようだが、魔法毒によるダメージそのものは和らいできた。

「そんな死にかけの状態で、かい？　できるものなら、やってみるがいいさ。ヒュドラ、そろそろこの戦いに終止符を打とうじゃないか」

4

「マルク君、肩で息をしているじゃないか。本当に今からヒュドラに打ち勝てる方法があるとでも思っているのかい？　まぁ、諦められない気持ちはわかるけれどね。納得が行くようにやるといいさ」

ヨハンが僕にそう言った。

僕は黙ったまま、ヒュドラを睨む。

無謀かもしれないけれど、勝算がないわけではない。ヒュドラの頑丈さは鱗に由来するものだ。鱗さえどうにか引き剝がすことができれば、ダメージを与えることだってできるはずだ。

そしてもう一つ……僕はヒュドラの毒について、一つの推測があった。もしもこれが合っていれば、ヒュドラの鱗を剝がすことができるはずだ。

一方的にいいようにされていたけれど、それだけではない。ヒュドラの手の内が見えてきた。

僕は触手で床を弾き、ヒュドラへと跳んだ。

「後がないと思って、勝負を決めにきたか。まぁ、そうするしかないだろうね。でも、無駄だよ」

ヒュドラが尾と爪を縦横無尽に振るい、僕を狙う。ただでさえ崩落の進んでいる侯爵邸が大きく揺れ、上から瓦礫が落ちてくる。

やっぱり避けるのでせいいっぱい……とても、攻撃に転じる機会がない。

「押し潰してやる！」

ヒュドラの尾が迫ってくる。それを僕は触手で絡め、押し合いへと持ち込むが……すぐに力負けして、押され始めた。

「精霊融合の触手なんかで、召喚されたヒュドラと押し合いができるわけがない……」

「ここだっ！」

僕は触手でヒュドラの尾を床へと叩きつけ、その反動で宙へと跳んだ。土煙が舞い、互いの視界が潰れた。

僕は視界が潰れている中……触手で掴んでおいた、赤紫の結晶を投擲《とうてき》した。これはヨハンがヒュドラのマナで発動した魔法、〈毒牙水晶〉のものだ。

狙いはヒュドラの肩……僕が最初に〈炎球〉で鱗を剝がした部分である。ここであれば、鱗に妨げられずに毒の結晶を突き刺すことができる。

視界が晴れたと同時に、僕は床へと着地する。

「そろそろ諦めたらどうかな？　そう逃げ回ったところで、君が一方的に命を危険に晒し続けているだけだ。時間が掛かれば掛かるだけ、君の身体に魔法毒が回る。どう足掻《あが》いたって勝ち目なんて……」

「グ……グ、グゥオオオオオオッ！」

ヒュドラが怒りの咆哮を上げた。

「なっ⁉　魔法毒の結晶……これを狙って、回収していたのか⁉」

ヨハンは顔を蒼《あお》くして、ヒュドラを見上げる。

『よくやったぞ、マルク！　ヒュドラ相手に、初めて有効打が取れた！』

「……大精霊の耐久力は人間の比じゃない、この程度、いくら受けたって致命傷にはなり得ない……はずだけれど、これ以上長引かせるのは、少し危険か。マルク君、君がここまでだとは思っていなかったよ。僕は君に、手放しの称賛を送ろう」

ヒュドラの口の前に、大きな魔方陣が展開された。

「この至近距離では、まともに躱せまい！　避けたところをヒュドラの尾で叩き殺す！　〈毒竜瀑《どくりゅうばく》布《ふ》〉！」

大量の毒液が、僕目掛けて放射される。僕は触手を大きく広げて、放射された毒へと飛び込んだ。

『マルク、何をしておる⁉』

ネロが慌てふためいた声を上げる。

「……僕は、有効打を与えるために毒結晶を放ったんじゃない。ちゃんとヒュドラに魔法毒が効くのか、それを確かめておきたかったんだ」

ヒュドラの魔法毒は、爪にマナを結晶化して纏っている分だけなのだ。後はせいぜいヨハンがヒュドラのマナを用いて放った魔法くらいである。

〈毒竜瀑布《どくりゅうばくふ》〉も、口から毒液を噴射しているわけではなく、息に載せて放ったマナを毒化しているだけなのだ。通常ヒュドラが用いる魔法毒は安全な結晶化されたものだけであり、それらも常に身体の爪先だけに纏っており、本体を傷付けないようになっている。

だからヒュドラの魔法毒がヒュドラに効く、という勝算が僕にはあった。

ただ、確信はなかった。だから最後の策の前に確かめておきたかったのだ。

僕は広げた触手で毒液を受け止め、それと同時に、毒液の一部を包み込んだ。毒飛沫《どくしぶき》が微かに僕の身体を掠め、生命力を奪うのがわかった。触手も毒に耐え切れずに、溶け出して毒が滲《にじ》み出《だ》している。

「まさか……！　や、止めろ、マルク君！」

ヨハンが目を見開き、叫ぶ。

僕は毒液を覆った触手の束で、ヒュドラの胸部をぶん殴った。包んでいた毒液と、触手の黒ずんだ断片が周囲へ飛び散る。ヒュドラの胸部の鱗が煙を上げ、黒くなって溶け出していた。

「グゥオ、グゥオオオオオオオオオッ！」

ヒュドラが悲鳴を上げた。

「……ここだ！」

僕は余力を全て注ぎ込むつもりで刀を振るい、一閃《いっせん》を放つ。毒に腐食されていた鱗が砕け散り、ヒュドラの血肉が舞った。

「ギィ、ギィイイイイイッ！」

ヒュドラは三つの首を苦しげにうねらせ、壁を巻き込みながら横倒しになった。光に包まれ、その巨体が消えていく。

「か、勝った！　はは、はははは！　見てください侯爵様、これっ、マルク君が、勝った！」

ギルベインさんが歓喜の声を上げる。半ば諦めていたためか、彼の目には涙が溜《た》まっていた。

「ヒュドラは、死んだの……？」

『精霊はそう簡単には死なんが……しばらくこちらには顕在できなくなるであろうな。精霊紋越しに力を送ることもできんはずだ。……そして、複数の精霊と契約を結ぶことはできん。不気味な童《わらべ》だったが、これ以上は何もできまい』

ネロは消えていくヒュドラの巨軀《きょく》を眺め、そう口にする。

光と化していくヒュドラの奥に、身体が赤黒く変色して縮んだ、トーマスの成れの果ての姿が見えた。マナを搾り取られて木乃伊《ミイラ》と化しているようだ。

「大精霊が……たかが、一人間に敗れた……？　有り得ない……こんなこと……どうして……？　に、人間の身で、大精霊に勝つなんて……そんなの、そんなの、世の理《ことわり》を侵している……不敬じゃないか……。こんな不条理、あっていいわけがない……」

ヨハンは呆然《ぼうぜん》と、ヒュドラが消えていく様を見つめていた。

「僕は、選ばれた人間なんだ……こんな、計画の初歩の初歩で、死ぬわけがないじゃないか……。

僕はまだ、何も成し遂げていないのに。世界は、このままではいけないのに……」

ヨハンはティアナ様を摑んでいるのとは逆の手で、自身の頭を押さえる。

「僕はこんなところでは終われない……終わるわけにはいかないんだ！　そうだ……僕には真理の精霊の導きがある……最後には、僕が勝つはずなんだ！　僕が敗れて、こんなところで終わるなんて……そんな運命が有り得るわけがない！」

ヨハンは狂気染みた形相でそう叫ぶと、その場で手を掲げる。手の先には炎の呪印文字が浮かんでいた。

『やれ、マルク』

「……うん」

僕は最後の力を振り絞って、触手で床を叩き、ヨハンへと跳んだ。

ヨハンの呪印文字が光を増す。魔法が発動するより一瞬早く、僕の触手がヨハンの身体を殴り飛ばした。僕はヨハンと縺《もつ》れ合《あ》う形になって、壁へと衝突した。

「はぁ、はぁ……」

僕の身体も、既に限界が近かったようだ。魔法毒は既に解除されたはずだけれど、足が思うように動かない。

ヨハンはぐったりと床の上に倒れていた。

「何が……何が、いけなかったんだ？　僕には真理の精霊の加護があるはず……僕は、この世界を正すために選ばれたはずなのに、どうして……？　やっぱり僕達は……トーマスなんて、貴族家の醜い争いなんて、利用するべきではなかったのか……？　わからないよ……真理の精霊は、僕に何を求めていたんだ……？」

ヨハンはそう呻《うめ》き声《ごえ》を上げ……瞼《まぶた》を閉じた。

『……精霊など、ニンゲンが思うような高尚な存在ばかりではないわい。こやつが何を見ていたのかは知らんが、理解の及ばん存在に救いを求めるとはな。憐《あわ》れな童よ』

ネロが小さくそう呟《つぶや》いた。

5

「立てるかい、マルク君？」

「ありがとうございます、ギルベインさん……」

ギルベインさんが身体を支えてくれた。

『全く無茶をしおって。毒液を撒《ま》き散《ち》らすヒュドラに正面から向かっていったときには、もう終わったかと思ったぞ！』

ネロが興奮気味にブンブンと尾を振っていた。

『ギルベインよ。精霊の化身である我け、契約者のマルクが弱っているときには十全に力を発揮す

ることができん。マルクを背負ってくれるか？』

「あ、ああ、わかったよ。えっと……ネロ君？」

『なっ、馴《な》れ馴《な》れしく呼ぶでない！　その名で呼んでいいのはマルクだけである！　我のことはネロディアスと呼べ！』

ネロが触手で、ぺしぺしとギルベインさんを叩く。

僕はちらりと、横目でヨハンを見た。まだぐったりと気を失っている。

頭目である彼を捕縛すれば、〈真理の番人〉もお終《しま》いだ。ようやくこの事件の片が付いたのだ。

「フン、お前も生き残ったか」

タルマン侯爵様がティアナ様へと近づき、そう口にした。

「……父様」

相変わらず、タルマン侯爵様は冷たい目をしていた。先程まで敵に捕らえられていた、自分の娘に向けるものとは思えなかった。

タルマン侯爵様は、侯爵家ではティアナ様の力は持て余す、この辺りで死んでもらった方がいいと……そう口にしていた。二人が顔を合わせていることに、僕は不安があった。

ティアナ様は……今後、どうなるのだろうか？

ゼータは力のある者は利用されるか、迫害されるか、二つに一つだと口にしていた。僕はそれだけではないはずだと、ゼータの言葉を否定した。

でも、タルマン侯爵様やティアナ様を見ていると、僕は自分の言葉に自信が持てなくなってくる。少なくともこの王国に、そうした風潮があることは事実なのだ。ヨハンやゼータは、きっとこの世界の地獄を見た末に、〈真理の番人〉へと行きついたのだろう。

そのとき、館全体が大きく揺れ始めた。

「なっ！　なな、なんだ⁉」

ギルベインさんが慌てふためき、周囲へ目を走らせる。

『……ゼータとの戦いに続き、大精霊ヒュドラと、散々暴れておったからな。崩落した建物が、自身の重さを支えられなくなっておるのだ。早く脱出するぞ！』

頭上から大きな音がした。僕が顔を上げると、ティアナ様へと石の塊が落ちていくのが目に見えた。

「ティアナ様……！」

駆け出そうとするが、ヒュドラとの戦いでのダメージで、身体が思うように動かない……。

「ティアナッ！」

タルマン侯爵様が、ティアナ様を突き飛ばした。落石がタルマン侯爵様の背と頭部に当たる。

鈍い音が響き、タルマン侯爵様は床へと崩れ落ちた。彼の頭からは夥《おびただ》しい量の血が流れている。

「侯爵様、侯爵様っ⁉」

ギルベインさんが顔を真《ま》っ蒼《さお》にして、タルマン侯爵様へと駆け寄る。

「と、父様……どうして……？」

何があっても無表情だったティアナ様の顔が、今は困惑に歪んでいた。

「……ああ、また、やってしまった……か。貴族は、領地を守ることこそが全て……。情で判断を曇らせるようなことがあってはならんというのに。跡継ぎにもなれん娘を庇《かば》って命を落とすなど、貴族として失格……。それともこれが……半端な情でタルナート侯爵家を引っ掻き回してきた、吾輩に相応しい最期だというのか」

「すすっ、すぐに、侯爵様をお連れして外へ……！　大丈夫ですよ、侯爵様！　きっと負傷者の治療のために、既に教会魔術師が近くまで来ているはず！　すぐに治療してもらえば……！」

ギルベインさんが動転した様子でタルマン侯爵様にそう話す。タルマン侯爵様は、ギルベインさんを見て、ふっと笑った。憑《つ》き物《もの》が落ちたような、優しい顔だった。

「構わん。吾輩も貴族……魔法には詳しいつもりだ。この怪我では助かるまい。それよりも……早く、この館から脱出せよ。じきに完全に崩れ落ちる。そこの少年も、ろくに動ける状態ではないのだろう。どうせ死ぬ者を連れて行く余裕はあるまい」

タルマン侯爵様は僕を見てそう口にした後、ティアナ様へと目をやった。

「ティアナ、お前の不幸は全て吾輩の責である。しかし、お前に謝るつもりはない。恨むなら恨むがいい。だが、一つだけ……死ぬ前に解いておかねばならん誤解がある。下手に口外すれば、タルナート侯爵家を破滅へ追い込みかねん問題……必ず胸に秘め、誰にも話すな」

ティアナ様はその場で屈み、タルマン侯爵様へと顔を近づけた。

「お前の母……吾輩の三人目の妻、タリア。吾輩はあいつに一目惚《ひとめぼ》れして、強引に娶《めと》ったわけではない。知り合ったのも、恋に落ちたのも、吾輩らが幼少の頃だった」

「え……」

ティアナ様が呆気《あっけ》にとられたように口を開く。

ティアナ様の母親のことは、以前に彼女から聞いたことがあった。美貌に目を付けたタルマン侯爵様に半ば強引に娶られ、下級貴族の出であったため館の中に居場所がなく、その果てに侯爵家の陰謀に巻き込まれてタルマン侯爵様から見殺しにされたのだ……と。

「吾輩の立場上……下級貴族の出の女を、第一夫人にすることはできなかったのだ。先に二人妻を娶ること……それが、吾輩がタリアとの婚姻のため、先代当主より課された条件だった。半ば諦めさせるための方便だったのだろうが……吾輩はタリアに執着し、周りが見えていなかった。無論、このことは他の妻は疎《おろ》か……下手に家臣に悟られるわけにもいかん。このような歪な婚姻……少し考えれば、あいつを不幸にするだけだと、すぐにわかったはずであるのにな」

タルマン侯爵様は、震える声でティアナ様にそう語った。

「結局、吾輩の恋情などというくだらんもので、侯爵家を無為に引っ掻き回すことになった。その混乱を広げて騒ぎ立て、吾輩を次期当主の座から引き降ろそうとしたのが、吾輩の弟であり……トーマスの父である、ダイモスだ。ダイモスは散々悪事を働いた末にこのままでは勝算がないと悟り、タリアを人質に取ることで吾輩に対して優位に立とうとした。タリアは他の妻からの陰湿な嫌がらせで塞ぎ込んでおり……家督争いの道具にされたことを気に病んでおった。これ以上、吾輩に迷惑を掛けられないと……自ら命を絶ったのだ」

「そんな……」

「全ては貴族の身で恋情にかまけた、吾輩が引き起こしたこと……。吾輩はその過ちの埋め合わせをすべく、政務に全てを捧げ、専念してきた……つもりだったのだがな……。結局吾輩は、最期まで中途半端であった。こうして死を目前にして、何の力も持てなくなって……ようやく本心を話せる。吾輩が言える身でないことはわかっておるが、ティアナ、幸せになりなさい……タリアの分まで」

そう口にすると、タルマン侯爵様は目を閉じた。ティアナ様は、タルマン侯爵様の手を取って沈黙していた。

ギルベインさんは僕を背負うと、ティアナ様へと近づく。

「ティアナ嬢……その、侯爵様のことは残念だけれど、早く行きましょう。侯爵様の言葉通り、ここはいつ崩落してもおかしくない」

ギルベインさんが、気まずげにそう口にした。

契約者である僕が弱っているため、ネロも人を運べるだけの力が今はない。人を運べるのはギルベインさんだけだ。

と……そのとき、ティアナ様がタルマン侯爵様を背負った。ギルベインさんはぽかんと口を開け、目を丸くして彼女を見る。

「……ごめんなさい。助かる見込みがなくても、父様をここに残してはおけない。私が、背負っていく……。遅くなると思うから……あなた達は、先に行って」

ティアナ様は苦しげに、ふらつきながらそう口にした。ギルベインさんはじっとティアナ様の顔を見ていたけれど、すぐに口許を押さえて相好を崩した。

「じゃあ……ティアナ嬢は、マルク君を頼めるかな？　侯爵様は私が運び出そう。その方がいいだろう？」

「あっ……は、はい。で、では、お願いします……」

動転していて、そこに気が回らなかったのだろう。ティアナ様は頬を微かに赤らめると、こそこそとギルベインさんへ頭を下げた。

6　――タルマン――

『メイドが口を割ったぞ！　男爵家の令嬢と駆け落ちなど……くだらん！　外に知られれば末代までの恥である！』

地下室らしい場所で、少年が男に怒鳴られている。

その光景を、タルマン侯爵はぼうっと眺めていた。

（あれは、吾輩の子供の頃か……？）

怒鳴っている男は、侯爵家の先代当主、自身の父であった。

これは夢か、走馬灯か。どうやら死の淵《ふち》で過去の記憶を見ているらしいと、タルマン侯爵はそう理解した。

『密会を禁じてすぐにこれとは……とんだ愚息である！　かといって出来損ないのダイモスに儂《わし》の後継を任せるわけにもいかん。タルマンを締め付けて、隠れて取り返しのつかんことをされれば、余計に厄介か……』

父親は自身の鬚《ひげ》へと手を触れると、底意地の悪い笑みを浮かべた。

『……ふむ、適度に夢を見せておくか。人人になれば分別も付くだろう』

『父様……？』

『いや、しかし、お前の想いには感服させられたわい。儂もお前の気持ちがわからんわけではないのだ。のう、儂にいい考えがあるぞ、タルマン。タリアとの恋を隠し、文通も密会も完全に止《や》めよ。そうして五年待てば……あの娘との婚姻を儂がお膳立てしてやれるぞ。タルナート侯爵家の名に、傷が付かん形でな』

『ほ、本当ですか、父様？　待ちます……父様がタリアとの婚姻を認めてくれるというのでしたら、何年だって！』

少年時代のタルマンは顔を輝かせる。タルマン侯爵は、じっとその顔を見つめていた。

（馬鹿馬鹿しい……。貴族は領民達の生活を握っている。色恋なぞで左右されてはならんかったのだ。先延ばしにして誤魔化そうとした父も卑劣だったが、それ以上に吾輩が愚かだったのだ）

タルマン侯爵は深く溜め息を吐く。

続けて景色が捻れ、場所が変わった。

少年だったタルマンは成長し、鬚が生えていた。父親は多少老けたものの、そう大きな変化はない。

（これは、二十一歳のときの吾輩か……）

『タルマン……二十一歳になったティアナだが、膨大なマナを秘めておることがわかった。我らタルナート侯爵家の中でも異質な程である』

そう口にする父親は、苦虫を嚙み潰したような顔をしていた。

『ティアナに、そんな才覚が……』

嬉《うれ》しそうに答える、青年の姿のタルマン。その様子に、父親は顔に怒りを滲ませた。

『喜んでおる場合か！　だから不吉な占術が出ておったから、堕《お》ろさせろとあれほど言っておったのだ！　男ならいざ知らず……女のマナが高くてもロクなことにはならんわい！』

『そんなこと……！』

『王家や教会の者でもない限り、一族の中で突出した強大な力を持つ赤子は悪魔と呼ばれる！　特に女は、災禍を齎す魔女だとな！』

『父様の時代の話でしょう！　古い考え、悪習だ！　王国の力関係が崩れることを嫌った、昔の大貴族が流した出まかせです！』

『力関係を崩すということは、王国の平和を乱すということである！　古い考え？　表立って言われんようになっただけだ！　貴族の女を戦いに出すわけにもいかんし、家督も継げん！　マナの高い子を孕《はら》んではくれるだろうが、それは分家筋か、或《ある》いは他家の女としてである！　今の時代、当主よりも力を持った親戚筋の者の存在など、余計な争いの火種にしかならんのだ！　お前の我儘《わがまま》を許して、貧乏貴族の娘と婚姻させてやったのが間違いであった！』

『愛し合った女性と婚姻し、幸せな家庭を築きたい……それが、我が儘だというのですか？』

『そうだ！　それが我が儘だと言っておるのだ！　お前の一挙一動には何万という民の生活が懸かっておる！　お前は二十一年間、儂の何を見て育ったのだ！』

父親が怒鳴り声を上げる。タルマン侯爵は、唇を噛みながら二人の様子を見守っていた。

（父の言葉が正しい……。民の血税によって、食べる物に困らない生活を送っている身なのだ）

それは当時のタルマンにもわかっているはずであった。二十一歳のタルマンは、その場で膝を折り、床に頭を付けた。

『何の真似だ』

『お願いです……これで、最後です。今後、私は二度と私情に左右されたりはしません。父様の息子として……タルナート侯爵家の次期当主として、相応しい行動を取ることを誓います。ですから……どうか、ティアナの命だけは……』

『……これで最後だと、そう言ったな？』

『え、は、はい！』

父の言葉に、顔を上げる。

『マナの高い令嬢に使い道がないわけではない。ティアナは政治の道具とするために生かせ。これ以上我が儘で、タルナート侯爵家の名に泥を塗ってくれるなよ、タルマン？』

『は、はい……ありがとうございます、父様！　ありがとうございます！　誓います……もう二度と私は、私情で家名に泥を塗るような真似はいたしません！』

タルマン侯爵は、過去の光景を目に、溜め息を吐いた。

（くだらぬ……当時の吾輩は、なんと考えなしの未熟者であったことか。結局、大勢を巻き込み……ダイモスに争いを引き起こす隙を与えることになっただけだ。タリアもティアナも、幸せにはなれんかった）

しかし、すぐに考え直す。

（いや……結局、吾輩はこのときの誓いさえも破り……当主の身でありながら、娘を庇おうとして命を落とすことになる。未熟者なのは、今も昔も変わらんところ……か）

目前の光景がぐねぐねと歪む。最後に現れたのは、弟のダイモスに捕まり、自害した最愛の妻……タリアであった。黒く、だだっぴろい空間に、ただ一人彼女が浮かんでいる。

「タ、タリア……！　ずっと会いたかったぞ……！　迎えに来てくれたのか！」

タルマン侯爵はタリアへと近づこうとする。

だが、上手く動けない。空間を手で掻いて必死に前進して、彼女へと手を伸ばす。

「ああ、後悔ばかりの人生であった。だが……きっと、もし過去に戻れたとしても、きっと吾輩は同じ過ちを繰り返すのだろうな……」

タリアの頬に手を触れたとき、頭に大きな衝撃が走り、周囲の景色がぐるりと回った。

「むぐっ！」

タルマン侯爵の視界に、綺麗《きれい》な朝日が飛び込んでくる。どうやら崩落した侯爵邸の前で、目を覚ましたようだった。

「吾輩は……生きておるのか？」

タルマン侯爵は呆然と呟く。

ふと前へ顔を向ければ、自分を助けたマルクという名の少年と、修道服姿の教会魔術師が話をしていた。

「と、とんでもないマナですね、彼女。少し手を添えてもらっただけで、白魔法の出力が十倍にもはね上がりました。マナ共振を利用した魔法の制御は難しいんです。ただでさえ扱いの難しい白魔法で……こんな馬鹿みたいな出力のマナで……危うく、勢い余って侯爵様に止《とど》めを刺すところでしたよ。これ、舵《かじ》を取り仕切った私、表彰ものですよ」

教会魔術師は、生きた心地がしないといった顔をしていた。汗まみれの自身の額を拭っている。

「あ……！　侯爵様が、目を覚まされましたよ！」

マルクが笑顔でそう口にする。タルマン侯爵が呆気に取られていると、自分の胸へと誰かが抱き着いてきた。

「父様……ご無事で……」

「ティアナ……？」

夢現《ゆめうつつ》の中で手を触れたのは、どうやらタリアではなく、ティアナであったようだった。

『まだ、こちらに来るには早いですよ、タルマン様』

タルマン侯爵の頭に、微かにタリアの声が響いたような気がした。

7　――ヨハン――

「は、はは……全てが、終わったんだ……。僕は、選ばれた人間じゃなかった。こんな、何も成せないまま死ぬなんて……」

崩れゆく侯爵邸で一人、ヨハンは床に倒れたまま、ぼんやりと天井を見上げていた。

彼の周辺に、落下してきた天井の瓦礫が突き刺さる。いつ押し潰されてもおかしくない状況であった。

ヨハンの丁度真上の天井が軋《きし》む。彼はその音を聞いて、自らの最期を悟った。ヨハンは諦めるかのように、ゆっくりと目を閉じた。

大きな瓦礫がヨハン目掛けて落ちていく。

「――〈浚《さら》い風《かぜ》〉！」

そのとき、ダルクの声が響いた。風に包まれた彼が颯爽《さっそう》とヨハンの許へと飛来し、そのまま彼を抱きかかえるようにして、侯爵邸の床を転がった。

ヨハンが先程まで倒れていた場所に大きな瓦礫が落ちる。もしダルクの登場が少しでも遅れていれば、ヨハンは今頃圧死《あっし》していたことだろう。

「はぁっ、はぁっ、はぁっ……！」

ヨハンは恐怖で息を荒らげ、自身の胸部へと手を触れる。

「ご無事で何よりです……ヨハン様。他の面々を回収する余力はありません。我々だけでもこの場から逃げましょう」

「ダ、ダルク……。でも、計画は完全に失敗だ。戦力を大きく失ったばかりで、トーマスをタルナート侯爵家の当主にするどころか、ティアナ嬢を引き入れることも、現当主を殺して王国に混乱を招くことさえできなかった。もう、〈真理の番人〉はお終いだ。いっそ、ここで潔く……」

「潔く、なんてくだらない考え方です。私は堕落した王家に絶望して〈神殺しの毒〉を抜けたときに……どれだけ汚名を被ろうとも、自分の為すべきことを為すと誓ったのです。今更私一人置いていくなんて、許しませんよ」

「ダルク……」

ヨハンは弱々しくそう呟いた。

「我々は確かに敗れました。この場は大人しく逃げましょう。我々の目的は世界を正すことです。過程の小さな勝ち負けなど、取り返しがつくのならば囚われていても仕方がない。それに……我々の障害になるであろう存在のことを知れたのは大きい」

ダルクは目を細め、唇を噛み締めた。

「我々の邪魔をしたこと……必ずや後悔させてやるぞ、マルク……！」

8

――〈真理の番人〉による侯爵邸の襲撃事件から三日が経過した。

「マルク君が絶体絶命の正にそのとき……さっと駆け付けた私が大精霊ヒュドラの尾へと剣を突き立てて、こう言ってやったのさ。『デカブツ……君の敵はこっちだよ』ってね！」

冒険者ギルドの中央で、ギルベインさんが鞘《さや》の付いた剣を大仰な動きで振るいながら、大声でそう話していた。他の冒険者達は、半信半疑の顔でギルベインさんを眺めている。

「……ねぇ、あいつ、あんなこと言ってるけど」

ロゼッタさんが、呆《あき》れた顔で僕に言った。

「ええ！　あのときのギルベインさん、凄く格好よかったです！」

『記憶を捏造《ねつぞう》されるな』

ネロが触手で、軽く僕の頭をぺしっと叩いた。

『まぁ……ギルベインの奴も、それなりに頑張っておったことには間違いないがな。我の契約者であるマルクには遠く及ばんが』

ネロが自信満々にそう言いながら、尾を左右へと振った。


——崩落した侯爵邸から脱出した際、タルマン侯爵様はティアナ様を庇って重傷を負ったが……館近くまで来ていた教会魔術師のお姉さんのお陰で、どうにか一命を取り留めた。

タルマン侯爵様は通常であれば助からない重傷であったそうだが、教会魔術師のお姉さんはマナ共振という、他者のマナを利用して魔法を行使できる技術を有していた。僕を介してネロの強大なマナをお姉さんに託すことで、死の淵にあったタルマン侯爵様を強引に蘇生《そせい》させることができたのだ。

あの事件で〈真理の番人〉の構成員であったティアナ様の叔父であるトーマスが死に……ゼータ、黒武者は館で倒れていたところを私兵に助け出され、そのまま捕縛されている。

館の崩落に巻き込まれたはずの頭目のヨハンだが、瓦礫の中から彼の姿はまだ見つかっていない。あの場から逃げ出すだけの体力が残っていたとは思えないため、恐らくは瓦礫に押し潰されて死んでしまったのだろう、といわれている。できれば僕達が捕まえられればよかったのだが、あのときの僕達にその余力はなかった。

ヨハンの身元についてはその一切が不明のようだ。彼は僕と変わらない程の年頃で、いったいどこで、誰から精霊の知識を教わっていたのか。一説では王国に動乱を巻き起こしたい貴族がヨハンに力を与えて侯爵領を奪えと嗾《けしか》けたのではないかと言われているが、それも定かではない。

大精霊ヒュドラと契約し、王家でさえ忘れてしまった大精霊ネロディアスを知っており、トーマスを出し抜いて生贄にできるだけの高度な精霊契約を行うことができた。只者《ただもの》ではないはずだが……というのが、ネロの見解であった。

また、騒動の最中で姿を眩《くら》ましていた〈静寂の風ダルク〉も行方知らずとなってしまっていた。

「ねぇ、ネロ。ヨハンは何をしたかったのかな？　あの子の見えていた、真理の精霊って……」

『王国を牛耳り、その潤沢な資源を用いて何かしらの危なっかしい大精霊を現界に呼び込み、それを王座へと据えようとしておったのだろう。真理の精霊についてはわからん。あの童がただ己の妄想に縋っておったのか……童に目を付けた悪しき大精霊がおったのか。或いは、その両方かもしれんな』

「そっか……」

ヨハンはきっと……心の底から、自分こそが世界を救えるはずだ、そうしなければならないと信じていたのだろう。なんだかやるせない気持ちだった。

「ちょっと、マルク！　ギルベインの奴を止めてよ。あなたが訂正しないもんだから、あいつ好き勝手言って調子に乗ってるわよ」

ロゼッタさんが肘で僕の身体をつつく。顔を上げると、まだギルベインさんが話を続けていた。

「それで私はヒュドラの魔法毒を逆に利用して、相手を自滅させてやったのさ。まぁ、この〈黄金剣のギルベイン〉がいなかったら、もうこの領地は三回くらい滅んでいただろうね、うん」

『もう丸々大嘘ではないか』

ネロがギルベインさんを睨みつける。

「あの人……戦ってるところ見たことないけど、本当に強かったのか……！」

信じ始める人も出てきていた。

「天地がひっくり返ってもあいつがそんなことできるわけないでしょ……」

ロゼッタさんがゴミを見る目をギルベインさんへと向けた。

「今日くらい、手放しに褒めて上げてください。ギルベインさん、本当に命懸けで館の中を駆け回ってくれていたんですよ。あの人がいなかったら、僕もティアナ様も、タルマン侯爵様も生きてはいませんでした」

「マルク……あなた、大人ねぇ……。ごめんなさいね、ギルベインがあんなので……もう、本当に」

「ロゼッタ、どうかな？　私はこんなに強くなったんだけれど！　頭を下げてどうしてもと頼むのならば、この地でまた一緒にパーティを組んであげても……！」

「ちょっと見直し掛けていたけれど、あなたのみみっちさを再認識したので結構よ。それに、何度も言ったけど、私は一つの地に留《とど》まるつもりはないの。王国中を見て回りたいの」

「うぐぅ……」

ギルベインさんががっくりと項垂れる。

『……まさかギルベイン、あの大法螺《おおぼら》 話《ばなし》でロゼッタの気を引いておるつもりだったのか？』

ネロの心無い追撃を受けて、ギルベインさんの頭の位置が更にがくっと下がった。

「止めてあげて、ネロ……。ギ、ギルベインさん、そろそろ侯爵様の別邸に行きましょうよ、ね？」

僕の言葉を受けて、ギルベインさんがぐいっと頭をはね上げた。

「そ、そうだね、マルク君！　なにせ僕達は侯爵様の大恩人にして、この都市ベインブルクの英雄として、彼の別邸に招かれることになったんだからね！　この都市ベインブルクの英雄として！」

ギルベインさんは周囲へアピールするように大声で言った後に、ちらりとロゼッタさんへ目を向けた。

「侯爵様には既に会ったでしょうけれど、とんでもなく気難しい人だって話だから気を付けなさいよ、マルク。特にギルベインの馬鹿が粗相をして、巻き添え食わないように注意しなさい」

「……そんなに私に冷たくしなくてもいいと思うんだけどなぁ」

「言動を改めてから言いなさい。まぁ……あなたなりに頑張ったってことだけは嘘じゃなさそうだから、それについては認めておいてあげるわ。あなたのことは臆病な見栄っ張りだとしか思っていなかったけれど、前者の方はちょっとはマシにはなったみたいね」

ロゼッタさんはギルベインさんから顔を逸らし、気恥ずかしげにそう口にした。

「マルク君！　ロゼッタが、あのロゼッタが私を褒めたぞ！　いやぁ、フフフ、これは雹《ひょう》か氷柱《つらら》でも降ってくるぞ！」

ギルベインさんが僕の手を取った。

「お、おめでとうございます……？」

「そっ、そんな大喜びする程は褒めてないでしょ⁉　もう……とっとと行きなさいよ！　侯爵様に呼ばれているんでしょ！」

ロゼッタさんがギルベインさんにそう怒鳴った。

9

「礼を言わせてもらおう、マルク、ギルベイン。お前達の活躍がなければ、吾輩の命はなかった。

いや、この領地そのものが悪しき輩に乗っ取られておったかもしれん。侯爵邸こそ崩落したが、死亡者を出さずに済んだ」

別邸に招かれた僕とネロ、そしてギルベインさんは、二人並んでタルマン侯爵様の前に立っていた。

タルマン侯爵様の横にはティアナ様の姿もあった。直接助けられた身であるため、彼女も対面で礼を口にしておきたい、ということらしい。

「深く感謝しております、御二方。マルク、あなたには廃村の教会で失礼なことを口にしました。改めてそのことを謝罪させていただきます。今でしたら……心から、そう言葉にできます」

ティアナ様は、そう口にして僕へと頭を下げた。

廃村の教会……。僕が〈不滅の土塊ゼータ〉を倒して、彼女を救出したときのことだ。

『言い方を選ばなかったのはごめんなさい。でも、自分の感情を偽りたくはないの。それをしてしまったら、本当に私は「ただの人形」になってしまうから』

あのときのティアナ様はそう口にしていた。

だが、ティアナ様は本当は父親から愛されていたとあの侯爵邸での事件で知ることができて、親子の確執が解けたのだろう。

きっとタルマン侯爵様からの扱いは『政治の道具』から変わりはしないのかもしれない。ただ、それでも、母タリア様の死の真相と、父から愛されていたことを知って、少しは前向きになれたのかもしれない。

以前のティアナ様ならば、きっとタルマン侯爵を背負って崩れる侯爵邸から親子揃《そろ》って生還したいなんて、きっと考えなかったはずだ。

「……フン、お前が吾輩の言葉に刃向かい、領地を危険に晒したことは水に流しておいてやる。しかし、忘れるなよ。力を持つ者には責任が伴うのだ。もし甥のトーマスが〈真理の番人〉と共にこの侯爵領を乗っ取っておったら、王国中に災禍が広がり……何十万人が死ぬ事態になっておったかもしれぬ。侯爵領を守ることは目前の数人を救うことよりも遥かに意味のあることだ」

タルマン侯爵様は冷たい目で僕を睨んだ。

「は、はい、タルマン侯爵様……」

『あまり気にするな、マルク。この男は潔癖症なのだろう。露悪的に振る舞わねば、気が済まんのだろう。最初からそなたを処断するつもりなどなかったはずである』

ネロが目を細めてそう口にした。

「なっ！」

タルマン侯爵様が表情を歪める。

「ネ、ネロ！　よくないよ！　侯爵様に！」

『我は気付いておったわい。侯爵邸でマルクに対して、そこの娘に対して行ったことを、悪党振って話しておったところからな。自分を見限って、娘を助けてくれと言っておるようにしか聞こえんかったわ』

「ぬぐっ……！　そ、そのようなことはない！　で、出鱈目《でたらめ》を抜かすな、精霊！」

　タルマン侯爵様が、取り乱したように手をバタバタと動かす。

「わ、吾輩は、真面目な話をしておるのだ！　と、とにかくだ、マルクよ！　お前が今のまま甘い考えでおれば、いずれ大きな過ちを犯すことになるぞ。強さとは、物事を己の意志で決めることのできる力でもある。お前の大きな力は、いずれお前に相応の決断を迫ることになる」

『目前の情だけに囚われてもいかん、命を数だけで計算するようになってもいかん……ということであるな。極端に傾けば、あのヨハンのようになってしまうかもしれんぞ。奴の掲げていたような、常に正しい絶対の真理などあるわけがないのだ』

「ま、まぁ、契約精霊がわかっておるのならば、よいか……」

『もっとも、タルマン。そなたは後者に傾いているように思うがな。ニンゲンは道具やシステムではない。個人を尊重することを忘れれば、それもまた大きな災いを招くことになるであろう。妥協を覚えることであるな。他者に対しても、自己に対しても』

「ネ、ネロ！　その辺りに……ね？」

　僕はネロの背に手を添えた。

「黙って説教聞いてれば名誉と報酬が手に入るんだから、静かにしておいてくれ！　こ、侯爵様の機嫌を損ねたら、英雄から豚箱コースだよネロ君！」

ギルベインさんはネロの肩を引っ摑もうとして、触手で弾かれていた。

『馴れ馴れしく呼ぶでないと言っておるであろうがギルベイン！』

「……随分と聡明《そうめい》な精霊を得たようだな。……ああ、事前に言うことを決めておったというのに、どうにも調子が狂う」

タルマン侯爵様は気まずげに頭を掻く。

「して……そちらに褒美を取らせたいと考えておるのだが……」

ここだ……！

僕は尻込みしそうになる気持ちを抑えて、覚悟を決める。

ティアナ様を救うためには、きっとこの方法しかない。とにかく切り出して、自分の退路を断たなければ。

「あの……侯爵様！　僕から一つ、お願いがあります！」

「欲しいものがあるのか？　無欲そうに見えて、意外なものだ。申してみよ。吾輩の権限の及ぶ範囲であれば……」

「えっと、あの、その……！」

……切り出してはみたものの、言葉が上手く纏まらない。

だが、このまま言《い》い淀《よど》んでいるわけにもいかない。僕は勢いのままに言葉を吐き出した。

「娘さんを、僕にください！」

僕はばっと頭を下げ、タルマン侯爵様へそう口にした。

タルマン侯爵様は目を見開き、大口を開け、信じられないものを見る目で僕を見ていた。ギルベインさんも蒼白《そうはく》な顔で頭を抱えている。ネロも触手がぶわっと逆立っていた。

「すす、すみません、侯爵様！　この子、その、物の道理がわかっていないところがありまして！　いえ、すみません！　本当！」

ギルベインさんが僕を庇うように肩を抱き、タルマン侯爵様へとペコペコと頭を下げる。

「えっ、え、え……え!?　わ、私を……？　ど、どうして……なんで!?　えっと、その、あの……！」

ティアナ様は顔を真っ赤にして、落ち着きなく慌てふためていた。人形姫と呼ばれていた頃の面影はそこにはない。

「む、むむむ、娘はやらぁーん！」

タルマン侯爵様も錯乱している様子で、顔を真っ赤にしてそう叫んだ。

『それはこっちの台詞である！　こんな冷血女にマルクはやらぁーん！』

何故かネロがそこへ応戦する。タルマン侯爵様と顔を突き合わせて、そう吠えた。

「ご、ごめんなさい、こういうとき、なんて答えたらいいのかわからなくって。えっと、あの、その、気持ちは嬉しいけれど、身分の差があるし……難しいし……そ、それにあの！　私達、お互いのことをまだ何も知らないし、こういうことにはその、順序が……！」

ティアナ様がしどろもどろになってそう口にする。僕はティアナ様へと、そっと手を差し伸べた。

「ティアナ様！」

「ひゃいっ！」

ティアナ様はびくっと肩を震わせる。

「僕はずっと、とある村の小屋の中で暮らしてきました。僕もティアナ様のように、生まれてきた意味があったのかなって、そう悩んだときもありました。でも、ネロに出会えて、外に出て……色んな場所や人、物や考え方があるんだって知って……今、僕はとっても幸せです。だから……ティアナ様にも、僕の旅についいて来て欲しいんです！」

『な……なるほど、そういうことか』

ネロが逆立てていた触手をしなりと下ろす。

「お、驚かせおって……。ど、どちらにせよ認められるわけがなかろうが！　第三子とはいえ、吾輩の……タルナート侯爵家の娘であるぞ！　世間がどう思う？　まともに嫁入りできんようになるわい！　そもそも若い冒険者の旅に付き合わせるなど、そんな危険なことを……！」

タルマン侯爵様は汗の噴き出した額を拭いながら、口早にそう言った。

「しかし、侯爵様の第二子は冒険者として旅をして、見識を広げておられると……」

ギルベインさんが口を挟む。

「あいつは男である！　それに成人の儀を既に迎えておるし、剣の指南も受けておるわ！　まだ幼い娘が冒険者として旅など、タルナート侯爵家は貴族間の笑いものになるわい！」

口を挟んだギルベインさんを、タルマン侯爵様が怒鳴りつける。

「はぁ、はぁ……傑物だとは思っておったが、さすがに歳相応か。世の中を知らなすぎる。マルク、お前に大恩がなければ、今すぐにでも牢《ろう》にぶち込んでおったぞ。お前は余程旅に救われたのだろうが、だからといって誰しもが同じ方法で救われるとは思わんことだ。別のものを願え」

「す、すみません、タルマン侯爵様……」

僕はタルマン侯爵様へと頭を下げた。

『いや、どうであろうな。本当に侯爵家に残しておくことが、侯爵家やその娘にとっていいことだとでも？』

僕が引こうとしたとき、ネロが口を挟んだ。

「なんだと？」

『タルマン、そなたはこう口にしておったな。ティアナの力はタルナート侯爵家では持て余す、どこぞに誘拐されて利用されるくらいならば命を落としてしまった方がよい……と』

「ふん、それがどうしたというのだ。言葉を撤回せよと？　吾輩の言葉は覆しようのない事実だ。間違ったその場しのぎのまやかしや慰めは、より残酷な悲劇を招くだけだ。子供のお守りをしておる精霊にはわからんか」

『そうであれば、凶悪なテロリストである〈真理の番人〉をほぼ一人で退け……大精霊ヒュドラを撃退したマルクの傍に置くことこそ、その娘にとって最も安全な道だとは思わんか？　冒険者として力を付け、マナの扱いを学んでいけば、いずれは自身の身くらいは守れるようになるであろう』

「ぬ、ぬぐ……！　し、しかし……！」

タルマン侯爵様が下唇を噛む。

『〈真理の番人〉が揃って襲撃してくれれば、侯爵邸など一溜《ひとたま》りもなかったではないか。連中があれだけ固執しておったのだ。別の団体が目を付けてもおかしくはないぞ？　そのときそなたは侯爵家と娘を守ることができるのか？』

「だが……だが、体面というものがある！　タルナート侯爵家の家名は、そんな私情で蔑《ないがし》ろにしてよいものではないのだ！　我が家が権威を保つことこそ、この王国の安寧の一端に繋《つな》がる！」

『タルマン、マルクにティアナを同行させれば、ティアナの身の安全は保障される……テロリストの手にティアナのマナが渡る心配もない。そなたもティアナの処遇に頭を悩ませる必要はなくなり、ティアナ自身も政治の道具としてではなく、一人の人間として生きられるのだ。家のため、王国のため……さぞ立派なことだが、極端は視野を狭めて歪みを生むぞ。ここが妥協点だとは思わんか？』

「そ、そう言われても……こんなだな……」

ネロの調子に、タルマン侯爵様が圧《お》されはじめてきた。

『それに、体面ならば用意してやれるぞ。何せ王家と盟約を結んだ大精霊ネロディアスが、契約者を見つけて王国の視察を行っておるのだ。教養のある案内人くらいは付けてもらわねばな。タルマン、これはそちらにとっても大変名誉あることであるはずだが』

「なっ、なっ……！」

タルマン侯爵様が大きく仰け反る。

す、凄い……。あんなに交渉の余地が一片もないように窺《うかが》えたのに、あっという間にそれを覆した。

『フン、驚いたようであるな。この姿は仮のものに過ぎん。我が正体は大精霊ネロディアス……ヒュドラのような毒を撒き散らすだけの乱暴者よりも遥かに高位な精霊よ』

「……ネロディアスとはなんだ？」

タルマン侯爵様の言葉に、ネロががくっと肩を落とした。

『き、記録でも漁ってみよ！　大貴族なのだから、過去の文献があるであろうが！　マルクの精霊紋と照らし合わせれば、それらしいものが見つかるはずである！　それらしいものが！』

ネロが必死にそう口にする。

「確かにそうでもなければ、ただのいち少年が大精霊ヒュドラを撃退できたとは思えんが……。しかし、過去の文献はまた調べてみるとして、一番肝心な問題があるであろう」

タルマン侯爵様が、ティアナ様へと顔を向ける。

「わ、私……ですか？　しかし私のことは今まで、全て父様が……」

　タルマン侯爵様は、黙ったままティアナ様の顔を見る。ティアナ様は目を閉じて少しの間逡巡《しゅんじゅん》した素振りを見せた後、大きく目を開いた。

「……父様、私、この侯爵家の、外の世界を見てみたいです」

「……そうか、では、そうするがいい。今回に限っては、吾輩は止めはせん。だが、侯爵家の名に傷が付かんように……大精霊ネロディアスについて文献を当たり、王家に連絡を入れ……正当な建前を得られてから、である」

　タルマン侯爵様は深く息を吐くと、重々しくそう口にした。どこか寂しげな、そして憑き物が落ちたような、そんな顔をしていた。

「やった……！　ティアナ様、これからよろしくお願いいたします！」

　僕はティアナ様の手を取る。

「……ありがとう、マルク。それに……大精霊様」

　ティアナ様が足許のネロへと顔を向ける。

『そなたのためではないわい。マルクのためである！』

　ネロがぷいっと、ティアナ様から顔を背ける。それからトコトコと僕の背後へと回り、触手を身体へと回してきた。

「ネロ？」

『マルクは我の契約者であるからな！　そなたにはやらんぞ！』

ネロが威嚇するように唸《うな》り声を上げる。

「べっ、別に、そういうつもりはないわよ！」

ティアナ様が顔を赤くして叫ぶ。その様子に、僕の口から笑みが零れた。

「侯爵様の許可が下りたら、色んなところを見て回りましょう！」

「色んなところって……？」

「僕も外は詳しくありませんから……。でも、不安になる必要はありませんよ！」

僕は摑んだままのティアナ様の手を引いて、窓へと向かった。そこからティアナ様と二人で一緒に首を出す。

「ほら、見てください！　世界ってこんなに綺麗じゃないですか！　僕、行ってみたい場所なんていくらでもあります！　行き先に困ることなんてありませんよ！」

広がる都市ベインブルクの街並み。その先には広大な草原が広がっていて、森や、その先には海が見える。水平線の上には、どこまでも、どこまでも、終わりない蒼空が広がっていた。

書き下ろし小説『書庫の伝承』

1

タルマン侯爵様への謁見から数日後、領地を救ったことに対する改めての謝礼として、僕は再び侯爵邸へと招かれていた。

ティアナ様を連れ出していいかどうかの許可はまだ侯爵様からは下りていない。ひとまず他に望みはないのかと尋ねられて、「様々な本を読んでみたい」と口にしたところ、侯爵邸の書庫へと案内されることになった。

案内役としてティアナ様に付いてきてもらうことになった。

「いやぁ、お貴族様の書庫に入れてもらえるとは！　なかなか庶民が見られるものではないからね。顔を売るつもりで強引にマルク君に付いてきた甲斐《かい》があったというものだよ！」

ギルベインさんが嬉《うれ》しそうに話す。

『……マルクよ、何故こやつを付いて来させたのだ？　今回タルマンは、マルクが娘を預けられる相手かどうかを再び見極めるために招いたのだ。ギルベインは特に呼ばれてはおらんかったであろうに』

ネロが呆《あき》れたように話す。

「えへへ……なんだか侯爵様って、圧があって。大人の人に付いてきてもらった方が安心するなって……」

僕が話すと、ギルベインさんはうんうん、と頷《うなず》いた。

「そうだろう、そうだろうともマルク君！　私は頼りがいがあるだろう！」

「それにロゼッタさんは冒険者の依頼があって今日は来られなかったから」

僕の言葉に、ギルベインさんががくっと肩を落とす。

「私はロゼッタの代わりというわけか……」

『マルクの純粋さは時に人を傷つけるな』

ネロは楽しげに尾を振った。

「書庫はこの先の扉です、マルク」

先を歩いて案内してくれていたティアナ様が、僕を横目にちらりと振り返ってそう話す。目が合うとティアナ様は頬を赤らめさせ、素早く前を向き直った。

「どうかなされましたかティアナ様？」

「い、いえ、なんでも……」

『ティアナ……そなた、まさか以前のマルクのプロポーズ紛《まが》いの言葉を受けて、妙な気を起こしているのではないだろうな？　マルクの友として保護者として、マルクに粉を掛けるような真似はこの我が許さぬぞ』

ネロが背中の触手を僕へと絡ませ、低く唸《うな》ってティアナ様を威嚇する。

「そ、そんなわけありません！　からかっているのですか！」

ティアナ様がばっとネロに向き直る。

『マルクは我のものであるぞ！　小娘如きには渡さん！』

「な、何を言っているのですか！　私はこれでも侯爵家の令嬢の身です！　縁談だって幾つかありましたし、どの殿方も歳上の教養ある美丈夫でした。わ、私を助けてくださったマルクに対して少々失礼な言い方にはなってしまいますが、今更私が同年代の無教養な平民の子供相手に恋心を抱くなんて……そ、そんなこと、ありませんから！」

ティアナ様が顔を赤くして、口早にそう言った。

「そうだよネロ……ティアナ様に失礼だよ。僕なんて本当に、何も持ってないただの世間知らずなんだから。そういうのはよくないよ。そもそも釣り合うわけがないじゃないか」

僕が口を挟むと、ティアナ様は気まずげに目を伏せ、自身の毛先を指で弄《いじく》る。

「そう卑下なさらずとも……。べ、別に私は、そうしたことは気にしませんが……。縁談があったとはいえ、過去の話。父様がタルナート侯爵家が親戚に加わるという一点で、政治の交渉材料として用いていただけに他なりません。ただの政略ありきの縁談なのは互いに百も承知の上……何か心を動かされることはありませんでした。それに私はタルナート侯爵家でも厄介者扱いされていた身……別に釣り合いがどうだとか、そういった考えは全くなくて……。そもそもが、私の母だってその、下級貴族の出で、侯爵家としては異例の恋愛婚だったわけで、私はその、そういうのは素敵だなと……」

「君、これまでが嘘《うそ》だったかのようにめっちゃ喋《しゃべ》るな……。なんというか、ティアナ様の年齢相応の甘酸っぱい様子が見られて光栄です」

ギルベインさんがやや呆れたようにそう零す。ティアナ様がきっと、泣きそうな目でギルベインさんを睨《にら》んだ。ギルベインさんは誤魔化すように咳払《せきばら》いをする。

『マ、マ、マルクに対して、無教養であると⁉ 思い上がった小娘め！ 今すぐ取り消すがいい！』

ネロがわっと触手を逆立てて威嚇する。

「好意を向けられても、あしらわれても嫌なのか。君も君でなかなか面倒臭い性格してるな大精霊……」

ギルベインさんが深く溜《た》め息《いき》を吐く。

2

書庫の中は凄かった。

大きな部屋の中に、僕よりずっと背の高い本棚がずらりと並んでいる。

「凄いな……さすがタルマン侯爵様、読書家として知られているだけのことはある」

ギルベインさんは興味深そうにそう口にした。

「マルク君は何を知りたかったんだい？」

「ネロに関することがどこかに記されていないかなと思って」

ネロ曰《いわ》く、元々ネロは王家と盟約を結んだ大精霊であったという。ただ、そのことをタルマン侯爵様でさえ知らない様子であり、ネロも少し落ち込んでいた。もしネロについて言及した本が見つかったら、その慰めになるのではないかと考えたのだ。

『マルク……我の事を考えて……！』

ネロが嬉しそうにピンと尾を伸ばす。

「私もここには何度も足を運んでいます。本を探す力になれるはずです」

「いいねえ、ティアナ様はマルクの力になれると思ったら大張り切りですね」

「茶化さないでくださいっ！」

「す、すみません……」

ギルベインさんがティアナ様に怒鳴られていた。

そこからしばらく書庫内の本を見て回る。

高いところにある本はギルベインさんに取ってもらったり、ネロに触手を伸ばしてもらったりした。途中で本を取ろうとしてティアナ様と触れ合ってしまって、またネロが大騒ぎする一幕もあった。

そして三時間ほどが経過したけども……何も手掛かりを得ることはできなかった。

「ないねえ、大精霊ネロ様の本。これさ、もしかして王家と盟約を結んだ気になっていただけで、相手はとりあえず交信してみたらヤバいのが出てきたから適当に煽《おだ》てて誤魔化しただけで碌《ろく》に記録にも残さなかったとか、なんかそういう可能性とかあったりしないかな?」

ギルベインさんがどかっと椅子に座って、疲れたように深く息を吐き出した。

「さすがにその言い方は大精霊様に失礼です。撤回するべきかと思います! 先《さつき》から思っていましたが……貴方は些《いささ》かデリカシーに欠けるところがあるようです。口に出す前に、その言葉が他者を傷付けるものでないか、場の空気に適したものかどうか、まず考えるべきです!」

『よくぞ申した小娘! そうであるぞ! そうであるぞ!』

珍しくネロとティアナ様が意気投合している。

「す、すまなかったよ。うう……ロゼッタからも散々言われていたなあ……」

ギルベインさんはバツが悪そうにポリポリと頭を掻《か》いた。

僕は苦笑いしつつ、手にした一冊の本をぱらぱらと開く。

「あ……」

見覚えのある、挿絵があった。

体中から数多《あまた》の触手を伸ばす、生物の外皮を裏返したかのような外見を有する、巨大な狼《おおかみ》。目はなく、口には夥《おびただ》しい数の牙が並んでいる。

「ネロ、これ……！」

僕はネロの名前を呼ぶが、挿絵の下の文章へと目線を落として、咄嗟《とっさ》に本を閉じた。

『どうしたのだマルクよ』

ネロが僕の許へ寄ってくる。僕は本を背後の机の上に置き、自身の身体で隠した。呼んでしまって申し訳ないけれども、この本だけはネロに見せるわけにはいかない。

「ううん、ごめん。僕の勘違いだったみたい」

『むぅ？　そうか？』

ギルベインさんが僕の横をすっと抜けて、机の上から本を奪い取った。

「よっと、隙有りだマルク君！」

「ギルベインさん⁉」

「何を見つけたっていうんだい？　隠すことはないじゃないか」

僕の読んでいた本のページをパラパラと捲《めく》る。

「おお、ネロディアス……これって大精霊様のご尊名じゃないか！　なんだ、ちゃんとその名前は伝わっていたわけだね。どうして隠すんだい、マルク！　国を守護する大精霊としてネロディアス様が記録されていたのだろう？」

「いや、えっと、その……」

「なになに……王家にその邪悪な名と恐ろしい容貌が伝わる、大邪神ネロディアス……。かつて大魔術師が予言した世界の終わりそのものであるともいわれ、いずれ王国は復活した大邪神ネロディアスによって滅ぼされることになると言い伝えられている……」

ギルベインさんはそこまで声に出して読み上げてから、そっと本を閉ざした。

「あのだね……その、ごめん。確かに私は、デリカシーに欠けるかもしれない……今後留意するようにしよう」

ギルベインさんが気まずげにそう口にする。

長い年月の中で細かい情報が失われていき、『どうやら王家は何かおっかない化け物の存在を知っているらしい』という情報だけが残り、この本に記されるに至ったようだ。

「お、王家に姿と名前は伝えられていたってことだから！　ネロの盟約の話を裏付ける証拠にはなるはずだよ！」

僕はせいいっぱいのフォローを行った。

『大邪神ネロディアス……大邪神……』

ネロはギルベインさんの言葉をぽつりと繰り返す。外見から大邪神呼ばわりされていたことを知って、相当ショックを受けている様子だった。

「大精霊様……その、少なくとも私達は、大精霊様が悪しきものではないということを知っておりますので、えっと……」

ティアナ様もどうにかネロを慰めようと試みる。

『ティアナ嬢……マルクに色目を使う気に食わん小娘だと思っておったが、そなた、いな……』

……少しだけ、ネロとティアナ様の距離が縮まったようだった。

Kラノベブックス

大精霊《だいせいれい》の契約者《けいやくしゃ》
～邪神《じゃしん》の供物《くもつ》、最強《さいきょう》の冒険者《ぼうけんしゃ》へ至《いた》る～

猫子《ねこ》

2023年9月28日第1刷発行

発行者　森田浩章

発行所　株式会社 講談社
〒112-8001　東京都文京区音羽2-12-21

電　話　出版　(03)5395-3715
販売　(03)5395-3605
業務　(03)5395-3603

デザイン　AFTERGLOW

本文データ制作　講談社デジタル製作

印刷所　株式会社KPSプロダクツ

製本所　株式会社フォーネット社

KODANSHA

978-4-06-533314-3　N.D.C.913　259p　19cm
カバーに表示してあります

ター、
感想を
ます。

あて先　〒112-8001　東京都文京区音羽2-12-21
(株) 講談社　ライトノベル出版部 気付
「猫子先生」係
「緒方てい先生」係